D1519423

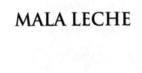

MALA LECHE

Gabriel Carle

MALA LECHE

alayubia.

Mala leche: Primera edición: agosto 2018

©José Gabriel Figueroa Carle, 2018
©Ediciones Alayubia, 2018

Diseño y diagramación: Adaris García Otero
Edición y corrección: Félix M. Rosario Ortiz y Gegman Lee Ríos
Foto de portada: L. Rosario

Ediciones Alayubia
ediciones.alayubia@gmail.com
Carolina, Puerto Rico

ISBN: 978-1-725126-62-6

*A Yeya, a Ma, a Pa: por todo lo que
me han hecho sentir y por lo que no.
Por todo lo que han hecho por mí y
por lo que siguen haciendo.*

"Lo que ahora contaré (o descontaré) realmente no ocurrió, todos esos tiempos siguen siendo absolutos, pero tan absolutos como todos esos que tomará la escritura de este cuento. Comprendo que la escritura es cómplice del recuerdo y modificará lo que ha pasado. El lector modificará este texto con su lectura. A lo mejor sentirá en alguna línea lo mismo que yo sentí al escribirla"

—Manuel Ramos Otero, "Descuento"

VERANEO

Último día de clases y llego a casa con las mariposas revueltas. Ya la boca me sabe a verano, a calor afuera y aire acondicionado adentro, a la oscuridad de mi cueva, a claustro y sepultura. Prendo el televisor y cambio canales, cambio canales, uno tras otro, descubriendo la programación del comienzo del fin de semana, el comienzo de mis tres meses de descanso, el comienzo de una nueva ola de hambre televisiva, la misma de cada fin de año escolar.

Me acostumbro a tener a mi madre todos los días en la casa, encerrada con sus novelitas de Harlequin, porque no tiene autistas para cuidar en su escuela. Me acostumbro a mi abuelo en el escritorio, en la butaca frente al televisor, en la sala pegado a la computadora por horas y horas jugando con su programita de casino, haciéndolo el viejo menos envejecido que conozco. Me acostumbro a mi abuela mandándome a apagar el aire todas las mañanas a las diez, gritándome para que recoja la cama o lave el plato o guarde la ropa tirada en el piso, peleándome porque todo lo que hago es ver televisión, jugar Wii, buscar fresquerías en internet a eso de las cuatro de la mañana sin que ella se dé cuenta, cuando todos están acostados excepto yo, con la mano izquierda en el bicho, la derecha en el mouse, y las cucarachitas en las paredes murmurando cosas.

Me levanto todos los días a las ocho de la mañana de lunes a lunes, para pegarme a Lifetime a ver The Golden Girls por dos horas, seguido por dos episodios de Frasier, seguido por dos horas de The Nanny, seguido por dos episodios más de The Golden Girls, seguido por dos capítulos de Desperate Housewives, seguido por dos horas de Grey's Anatomy. Cada día, el espiral rutinario: las mismas programaciones, las mismas líneas y los mismos episodios repetidos desde que descubrí el canal 42 (ahora el canal 25) en cuarto grado y encontré el medio perfecto con el cual pulir mi inglés gracias a los closed captions, para perfeccionar mi sarcasmo y esperar las risitas de la audiencia, para aprender a ser un adolescente rebelde-destructivo-anarquista que llora demasiado y se encierra en el baño a las siete de la noche para liberar mis suciedades y desaparecer mi cuerpo en la ducha.

Luego vienen las horas aburridas cuando el sol se calienta y los changos cortejan, y me derrito en la cama con el abanico en la cara, con mi abuela anotando recetas de Food Network, con mi abuelo jugando al solitario en su computadora, con mi madre llegando cansadísima del cine (no la quise acompañar, no me quise levantar, no quise ni cepillarme los dientes) para encerrarse en su cuarto a continuar con sus lecturas románticas. Me imagino rodeado de pingas brasileñas y afroamericanos pingones y los modelos de Sean Cody chichando sin condón con las perlas de sudor chorreándoles entre los pelitos de sus orificios.

No puedo conectarme a la computadora ahora, no puedo aliviarme, hay demasiados testigos, vuelvo y aprieto el control remoto para escuchar que algo cambia en la periferia e intento números aleatorios, canales en inglés-español-inglés-inglés-inglés-español-inglés-inglés-español uruguayo-español español-español argentino-inglés británico, y llego al History Channel y me envuelvo con el nuevo documental de The Universe, y así es que descubro el universo, el planeta, el Caribe, la isla, San Juan, las cuatro paredes de mi cuarto mediante la estática del televisor y las ondas rebotando en los muros de cemento gastado.

Llega la noche y entro al territorio del Prime Time: Family Guy, American Dad, The Simpsons, South Park, Robot Chicken, Whose Line Is It Anyway?, The Golden Girls, UFC (si es martes o jueves o viernes), y me la jalo con los luchadores revolcándose abrazados en el piso frente a un público desorbitado. Llego a Disney y horror of horrors ¿qué diablos hago con ese canal puesto todavía?, borrado al instante toda memoria de Lizzie McGuire y Raven Symone y Kim Possible, ya no hay tiempo para esas inmadureces, ya ha llegado la hora de aprovechar el silencio del verano tropical, el sueño profundo de los aires acondicionados, y me escondo en la sala para aguantar la camisa con la boca y llenarla de baba para que no le caiga ni una gota de leche, para que caigan todas esas perlitas blancuzcas en mi estómago y sienta el calor verdadero de un adolescente en celo. Nunca me han cogido a esta hora: borro las manchas, borro la historia, borro todo rastro de mi bellaquera. Me caliento unos nuggets Tyson en el hornito, prendo el televisor y todavía están dando Toonami a las cuatro, cinco, seis de la mañana, y yo lechoneando en la sala, solo con mi abanico, solo con la estática del televisor rellenando el espacio entre mis pensamientos.

Otro sábado, otro domingo, otro lunes por la noche vaciando la nevera y rellenando mi cerebro con pensamientos japoneses traducidos al inglés machucado para el mercado caribeño que paga una cantidad exorbitante por los pocos canales que recibe. Nadie de la escuela me llama para salir, ¿para qué?, si salgo, pierdo la nueva película de Lifetime o el nuevo roast de Comedy

Central o el nuevo estreno de FX o la nueva mariconada de Bravo. Trabajaré el verano que viene. Haré mi lectura de verano el mes que viene. Saldré de mi cueva la semana que viene. Mañana me baño.

En los veranos me acostumbro a la humedad condensada en los huesos, me acostumbro al vapor chorreando en las paredes, las paredes sucias de mi cuarto sucio, de mi espejo cubierto de barritos explotados y las gotitas de leche que explotan fuera de mi alcance. Pasan las horas, pasan las semanas, pero el televisor sigue ahí, los programas siguen iguales, pasa el cuatro de julio y llega visita a Puerto Rico: llega mi tía de Denver con su esposo y mi primito de cuatro años a quedarse en Isla Verde; llega mi tío de Orlando con mis dos primos y se quedan con mi tía en Isla Verde; llega mi tío de su apartamentito en Chelsea para tomar fotos de la fachada de una familia que hace el esfuerzo de reencontrarse aunque sea una vez al año, fotos de hijas que llaman todos los domingos e hijos que llaman una vez a la semana, si acaso. Pero me compré Zelda: Twilight Princess la semana pasada, y ocupo mis horas tratando de pasar el maldito juego que se estira, que se hace infinito, de grandes pastizales que se abren y se abren y se abren y nuevos mundos y nuevas dimensiones que no puedo controlar, no puedo separarme del televisor, no quiero bajar a la playa, no quiero nada del barbecue, no quiero prestar el control, no quiero que me interrumpan, ¿por qué mis primos no juegan volibol en la arena o algo, mano?, qué mucho joden, qué poco me queda por derrotar, pronto viene Ganondorf y le voy a comer el culo, le voy a comer el culo, Link le va a comer el culo con su pelo rubio y sus ojos de fiera, ojos azules como los que me gustan, ojos de cobalto quemándose en un barbecue... pero viene Ian y entra al cuarto y me apaga el Wii sin que yo pueda darle save. Le grito a mi primito de cuatro años porque ha interrumpido mi más reciente misión en esta vida. Qué atrevimiento el de este chamaquito. Le grito, pataleo, tiro el control y me cubro la cara con una almohada para gritar y morder. Mi tía entra al cuarto porque escuchó a Ian llorando y me grita, me manda pal carajo y se va al próximo día sin que yo tuviera voluntad de despedirme de ella.

Regreso a la rutina: Lifetime, comida, Cartoon Network, porno, comida, cama. Un día tras el otro, un verano tras el otro, los pocos meses de descanso que tengo de mi vida ajetreada, de niño que llora demasiado porque los papás no lo entienden y lo dejaron desde cuarto grado al abandono de su cuarto sin puerta pero con televisor al día. Ahora termina el verano y siento que no pasó nada, que los días se fueron como cuando cambio canales, uno tras otro, rogando que los anuncios no duren demasiado. Mañana empiezo grado once y me niego a dormir, me niego a dormir, quiero seguir viendo televisión hasta que salga el sol porque no puede ser que el verano ya se me haya ido... no hice nada, prácticamente, excepto ver televisión, y ahora viene la escuela a interrumpir mi felicidad más terrenal, ahora a sacar todas A de nuevo para poder mojonear tres meses más. No podré ver qué le pasará al maricón de Andrew en Desperate Housewives, por qué la madre lo abandonó en una gasolinera cualquiera mientras lloraba al ver a su hijo achicarse en el retrovisor, y aunque ya haya visto la serie como tres veces corridas, aunque ya me sé las líneas de memoria, aunque practico las escenas frente el espejo del baño a lo largo del año escolar, sigo añorando con el bowl de Zucaritas con Nesquik a las tres de la tarde con mi cama caliente y el abanico en high, sigo llorando por la emoción que el momento me provoca.

TRATADO DE UNA
SEXUALIDAD INCONFORME

Por años, Luisito ha pensado que, de haber salido straight, su vida hubiera sido mejor. Incluso debate si fue la homosexualidad su cruz desde el nacimiento, que si era su destino sufrir el desarreglo neuroquímico que le aflige en todo momento de su existencia cada vez que se levanta con una erección tras haber soñado con Miguel; cuando se enfrenta a Emmanuel en la universidad todos los días, montándose en el trolley; cuando ve a Leo con esos dreads, con esos muslos tostados, con esa sonrisa que con solo mirarla siente cómo se le separan las piernas. Por muchísimo tiempo ha querido sentir esas cosquillitas por una nena linda, de estatura promedio, tetas copa C, tacos y maquillaje y pelo-pollina-melena planchada, pero las mariposas simplemente no le brotan.

Sus tíos se ríen porque él salió maricón desde el vientre, pero ese fue un detalle que nunca se trajo a discusión. Sus padres no le compraron muñecas para peinarle el pelo ni trajecitos para que saliera volando cuando bailara. Lo escondieron en el cuarto cuando La Comay mostró una foto de un hombre en un bikini verde chatré, y Luisito lo quería ver. No lo dejaban quedarse en casa de sus amigos, aunque fuera para jugar Super Mario Brothers. Lo encerraron en la casa, lejos de toda interacción masculina, criándolo con correazos y con puños (¡de hombre, no de agua!) para que su familia no se abochornara por tener un nene raro más en la familia.

Fue en kindergarten cuando metió la mano en el pantalón de otro nenito por primera vez, a un tal Alexander de pelo castaño y pirulí puntiagudo, y a ambos les gustó el manoseo y el cosquilleo. En primer grado, Jessica, una compañera con voz de pendeja, lo llamó *pato* en la cancha al frente de todo el mundo. En inglés, porque su colegio era privado. Si fuera straight no lo hubieran insultado sin razón. Tampoco se hubieran burlado en tercero cuando bailó como una nena en el pasillo, dando vueltas con los brazos arriba, y los demás se quejaron con Mrs. Magda como si ella pudiera haber hecho algo. Hubiera tenido una novia en sexto grado, con su foto pegada en el locker, cercada por un corazón flechado en marcador negro permanente. Sus años elementales hubieran sido más coloridos, más brillantes, y no noches sin sueño.

A los doce sus padres pusieron internet en la casa y descubrió la pornografía. Fue más o menos cuando los primeros vellos púbicos le crecieron como matorrales en el patio que sintió el inmenso peso de una cruz amarrándose al yugo. En séptimo las cosas en la escuela se complicaron porque tenía que compartir el baño con otros machos. Por ejemplo, Arturo: el del equipo de volibol de pelo castaño, el que completa cien push-ups en un minuto, el que tiene un pingo largo y puntiagudo, según los rumores; ese decía que no, que no se cambiaría en su presencia, que Luisito lo ligaría, lo violaría, lo mancharía con su enfermedad, con su epidemia. Mientras tanto, Luisito se encogía por dentro y se cambiaba en una esquina, mirando la pared.

Si Luisito hubiera nacido normal, no hubiera sentido la necesidad de salir del clóset cuando consiguió su primer novio por internet: un tal Hakeem, de Paterson, New Jersey. No le hubiera pasado la gran noticia (¡la mejor de su vida!) en un papelito a Graciela en la clase de historia, para que Mrs. Curet lo confiscara, lo leyera y lo escondiera en su bolsillo, con la boca tensa pidiéndole que se quedara después de clase para discutir lo que leyó. No se hubiera sentido mal al ver a su madre llorar en la oficina del trabajador social; el frío y el llanto no le hubieran helado la espalda.

No habría querido desaparecer. No habría llorado fines de semana enteros. No se hubiera hecho cicatrices imborrables en las piernas con el cuchillo que su abuela usaba para cortar tomates cuando Pedro El hermoso lo rechazó.

Siempre quiso ser uno de esos chicos cool en el pasillo de la high, alguien a quien los nenes le dieran la mano y las nenas saludaran con un besito en el cachete. Todos los días deseaba sentarse en el almuerzo en medio de alguna risería, con comida volando de una mesa a la otra. En un día normal hablar de mujeres, de tetas y de chochas, de chichar con esas nenas sueltas; no quedarse fuera de la conversación, observando sin participar, midiendo cada sílaba para que no lo creyeran raro por algo que dijera.

Quería sacar a alguna nena a bailar, sentir las cosquillitas cuando sonriera y dijera que sí, encontrarse con ella en Plaza y entrar al cine con esos diez pesos que el abuelo le pondría con una guiñada en el bolsillo, sentir su lengua de cherry rozarle el cuello cuando terminaran los cortos y el mundo se hiciera oscuro, y toquetearla toda durante la película. Por ser lo que es, se conformó con encontrarse con un tal Luigi y esconderse en la última fila viendo una película de mierda, desabrazándose con prisa cuando los pendejos de la fila de al frente se viraban para reírse de ellos.

Claro está, muchas nenas trataron de quitarle las paterías. De vez en cuando la vida universitaria le proveía borrachera y mujer fácil. Se aprovechaba de que sus amigas lo dejaban cogerles y sobarles las tetas, a veces en plena avenida Universidad. Una vez le pellizcó los pezones a una que repetía insistentemente que estaba bellaca y borracha; gimió y a Luisito le gustó. Le apretó el mahón, la abrazó, la haló y la olió. Su pelo, su piel y sus ojos eran negros, su mirada y la noche eran negras... pero no hizo nada. Se fueron, y no la volvió a tocar. Su pene estaba a media asta, listo para endurecerse, pero perdió los cojones: las mariposas no salieron de sus crisálidas.

Luisito temía por lo que podría pasar con el resto de su vida. Nunca había tenido novio, ni había sentido el calor verdadero de un abrazo de hombre. Quería ser normal para no sentir el rechazo de aquel Brayan que, después de habérselo chichado y haberlo hecho chillar como putita, se quedó dormido, y lo dejó solo en la cama mientras roncaba. Luisito se quedó como desprotegido. Nunca, pensó, tendría una vida normal con cinco hijos, con sus amigos de crianza normales con quienes saldría a beber y joder y hablar de mujeres, ni tendría una esposa amable a quien ofrecerle un corazón lleno y latente por más de cincuenta años. Nunca se libraría de su cruz, de esas risitas de primer grado, de ese cabrón que no lo quiso después de haberlo partido, de esas lágrimas que su madre no tuvo más remedio que soltar por el hijo, su único hijo, que le salió así.

25

Por años, Luisito ha pensado que, de haber nacido hembra, su vida hubiera sido mejor. Cuando creció notó que había heredado el metabolismo de su madre: engordaba como una mujer, en el pecho y en las nalgas y no en la panza como los tipos. Se pasaba la crema de afeitar de su madre por sus senitos y sus nalguitas, rezando para que el producto cosmético le diera las tetas que quería. Comía más y más, a pesar de los consejos de la endocrinóloga y los insultos de sus tíos. Su culo crecía. Ya para séptimo grado, sus pantalones escolares tenían que ser talla treinta y ocho de cintura; en una ocasión, rompió el zipper de uno y el botón de otro. Su madre lo mandó al colegio en mahones apretadísimos. A pesar de su jinchera, Juan le dijo un día que se veía como una negra preñada; parecía un bizcochito, de los que su abuela hacía, cuando se desbordan del molde.

En octavo grado, todo el odio que pudo acumular se concentró en su pobladísimo entrecejo, donde se encontraban sus cejas. Se las arreglaba con una navaja de tres-por-tres-pesos, bien perfiladas, pero en más de una vez ocasión se le fue la mano. Incitó a que Víctor se las cantara en el pasillo, frente a todos, y a que su abuelo, indignado, se lo reclamara de camino a la casa. Ese mismo año, se le avecinó un complejo más grande: sus piernas peludas, sus dos salchichas infladas, que solo quería verlas afeitadas y tensas en unas tacas rojas, bien perras, como las que usaban todas las nenas lindas de su clase. Él siempre había caminado con las nalgas paraditas, con la pisada en las bolas de los pies, incluso les enseñaba a sus amigas cómo caminar en pasarela. Si fuera nena y pudiera usar pantalones ajustados sin complejos, sería perfecta: la nueva majestad, la negra bajando por la encendida calle antillana, convocando los tambores con cada tumbe de cadera.

Cuando descubrió America's Next Top Model un día inusual de barbecue en la casa, casi muere con Tyra Banks y con Mr. & Mrs. Jay. Emulaba a las modelos, a las criaturas más perfectas y más patilargas del universo. Modelaba por los pasillos de su casa cuando nadie miraba, con su boom-boom en cada pisada. Quería cambiar el mundo con su pose-pose-pose en el espejo del baño, del cuarto, en los retrovisores. Modelaba cuando se levantaba de la cama hasta la cocina, cuando "practicaba" bajo la ducha todos los días, cuando daba una vuelta en cada esquina y a nadie le importaba. Quería ser hermoso como esas bellezas en la pantalla, y sabía muy adentro de sí que nunca lo sería.

Luisito se convirtió en un esclavo de su imagen. Las fotos que se tomaba no salían tan perfectas como las imaginaba. Su fealdad le sacaba lágrimas. Se propuso rebajar, hacerse esbelto y perfecto, pero ni su cuerpo ni su metabolismo ni su constante hambre cooperaban. Ese contrato de cien mil dólares con CoverGirl Cosmetics se le escapaba de las manos. Se encerraba en los cuartos para hacer ejercicios. Subía la música a todo volumen y bailaba desnudo con guindalejos en las muñecas. Se creía una bailarina en la luna, disfrutando de la falta de gravedad, brincando hasta las nubes, hasta el sol, subiendo hasta encontrarse con Ms. Banks.

Se memorizó las curvas que bajaban desde su cintura hasta las caderas, su cuerpo de mujerón. Se alzaba los calzoncillos, los desaparecía en su raja y los hacía una tanga brasileña, disimulando sus genitales. De repente, sus piernas eran perfectas. Se paraba en puntas, porque no tenía tacos. Se ponía de lado porque su cintura se veía más estrecha así. Terminada la interminable rutina, se metía a bañar, se pasaba el jabón y cantaba junto con las gotas canciones tristes de estrellas de pop para borrar todo recuerdo.

Cuando entró de lleno a su adolescencia, se hartó de no entender por qué los machos no lo querían. Se preguntaba por qué se iban con esas putas, con esas cabronas que se las pegarían y les partirían el corazón. Luisito tenía el suyo tan lleno de amor, pero ningún hombre a quién ofrecérselo. Le cocinaría, le daría besitos y abracitos, lo mantendría feliz y contento, con la barriga siempre llena y la mano siempre agarrada... pero por un toque de mala suerte, no nació con chocha y los nenes de su clase tampoco le mandaron notitas de amor en San Valentín.

Luisito quería perderle el miedo a vestirse de mujer. Se cansó de orinar parado, de esconder sus malditas erecciones, de tener eso que tanto le molestaba guindando entre las piernas. Era algo en la mirada de su abuelo lo que lo paraba: la misma cara de reproche, la misma espiral de vergüenza. Un día saldría vestida, con tacas, lipstick y peluca roja. Quería ser una nena petite, una damisela para que un macharrán la abrazara y se la llevara lejos de este calvario, que la levantara con un beso y finalizara así sus cien años de sueño forzado. No quería tenerle miedo a la mano de un noviecito en su cadera, abultándole la tela roja y sedosa, alzándola. Quería llevarlo al carro cuando nadie se diera cuenta, comérselo, dejarse penetrar solamente con miedo a salir embarazada y no de infectarse con algo incurable. Quería sentirse dueña del hombre y del universo, libre de las pesadas chaquetas y zapatos, amarrarse una blusa liviana y calzar unas tacas doradas, caminar por la calle, por la encendida calle, enseñarle al mundo entero que las culonas son las verdaderas dueñas de lo que se avecina.

Por años, Luisito ha pensado que, de haber contraído VIH, su suerte correría mejor. Jamás tendría que cagarse de la ansiedad esperando esos veinte minutos de muerte constante cada vez que se hacía la prueba. No tendría que hacérsela otra vez. No le importaría contraer ni esparcir cualquier cosa. Moriría como quisiera. Tener sus días contados sería una dinámica interesante para vivir, y la mortalidad que lo acompañaría sería un delirio agridulce. Por fin todo se terminaría, por fin su sufrimiento llegaría a límite y por fin se quitaría de encima todo el peso de su vida.

Se iría de la casa. Ignoraría las maldiciones y reproches de su abuela, culpándolo por la muerte y el sufrimiento de su abuelo. Le sacaría las lágrimas a su madre cuando le diera el último beso, el de no verla más. Caminaría por las calles carcomidas de Río Piedras a las dos de la mañana, cuando los demás durmieran. No sabría a qué amigo molestar con su presencia, y dormiría en la calle.

Entonces, se iría a janguiar. Se pondría la una peluca y robaría ropa de mujer en Plaza de Marshall's, de las boutiques cercanas al Museo de Arte. Se vestiría y taconearía por las calles de Santurce, con sus cortos de puta y sus nalgas de quilates. Intercambiaría servicios por dinero, respondería a bellaqueras por email, tendría anuncios y precios en Adam4Adam. Perdería el miedo.

Por fin entraría de lleno al mundo de la droga que por tanto tiempo, con una mano hecha humo, le había cosquilleado en la mejilla. Si moriría dentro de uno, dos años, ¿por qué no adelantar el proceso? ¿Por qué no hincharse las venas con manteca? Capearía por Colecturía y le darían bolsitas de algún polvo blanco, de alucinógenos, estimulantes, disociativos... Janguearía en sus tacas hasta las siete. Haría amigos en los puntos, entre las esquineras, con las demás ponkas callejeras. Tendría una corilla chévere para que le amarrara la liguilla en el brazo, para que le empujara la jeringuilla, para sentir el placer más intenso de su existencia; un gentío con quien dormir acurrucadito y calientito, con quien entrelazar lenguas emborrachadas e intercambiar fluidos corporales. Tendría fiestas interminables. Encontraría un cuarto oscuro, hecho de asbestos, con cantos de pintura podrida cayendo de las paredes, una cama en el piso con un solo set de sábanas que nunca cambiaría y dejaría la puerta sin seguro para que los machos entraran y lo rellenaran con el veneno de su gusto. Se quedaría inerte el día entero con las moscas caminándole sobre los hombros y sus ojos entreabiertos.

De vez en cuando, tosería después de un fili o después de subir escaleras o después de correr para salvar su vida. Lo verían por las carreteras, pero con los huesos expuestos, las nalgas chumbas, los cachetes hundidos, la mirada larga, irreconocible. Caería en una depresión intensa. Ni podría ver el azul inmenso que brillara sobre él, se hablaría a sí mismo como si sus únicos amigos fueran las voces que se esconden en las sombras. Amanecería con diarreas y ennotado a las seis de la mañana en la parada dieciocho, cayendo y tambaleando y vomitando con los párpados bajitos. Sería otro deambulante sidoso más de San Juan.

Habría llegado entonces a su punto más lívido. Contando los parchos de hongo en su piel, lloraría al saber que le quedaban tan pocos días de vida. No saldría de esas discotecas que jamás había visto en el verdadero corazón de la capital. Con bichos listos para mamar saliendo de hoyos en la pared, con manos halándole los brazos para pegarle la jeringuilla, con pastillas y polvitos en sus traguitos gratis que lo harían bailar, dormir o explotar de risa. Le darían tina para las neuronas, para que el culo se le estirara y el placer se sintiera, para que el cuarto sucio del sucio motel de turno desapareciera y estuviera en su casa, durmiendo junto a su abuelo como ha hecho desde que era chiquitito y por quien ahora no podía dormir solo.

Por fin estaría en Roma. Por fin viviría día a día, y mandaría al carajo el mañana. Terminaría de esperar a esa súper-amiga que lo sacara de algún baño mientras se hartaba de bicho y olor de hombre, porque sabría que esa súper-amiga no llegaría; se habría olvidado de él. Se convertiría en pura hiel. Se daría la última copa, se despediría de todos, desaparecería en el horizonte como una nube más en la tormenta. Sería egoísta, sería feliz; estaría pleno y sin miedos, trascendido.

Entonces, caería en el hospital. Para la tercera sobredosis, estaría demasiado debilitado. Sus linfocitos T CD4 habrían bajado a tres células por cada mililitro de sangre envenenada. La sarna se lo estaría comiendo vivo, y las enfermeras obligadas a cuidarlo lo mirarían mal, hasta con odio. Tosería sangre sidosa y cantitos de pulmón, se arrancaría los sueros y caería convulso en el piso, se ahogaría como pez sin agua, revolcándose bajo el peso de su propio cuerpo: como una pluma. Habría cumplido, después de todo, su misión como ciudadano sanjuanero.

ENSIMISMADO

Confieso que debería estudiar, debería encerrarme en el cuarto con mi bulto y mis bolígrafos, no debería joderme los pies con los cristales rotos de la Robles... pero el reloj lee las once y cuarenta y siete, Ricitosdecobre ha dejado de picharme las llamadas y el tedio ha perdido su sabor a metal. Encontramos parking en las esquinas más oscuras de Río Piedras y ya me siento en casa. Ya no me afecta el agobio de los demás alcohólicos y tecos universitarios.

Y de nuevo me voy al Bori a esperar que la noche se acabe. La salsa retumba en los murales, en los muslos, en los cuellos estirados; pantallas, pulseras y correas de otra era, de hace treinta años, herencias tomadas por adelantado porque las crisis no nos dan para rellenar los espacios vacíos del clóset. Quince minutos en la fila y gasto una porción cuantiosa de mi dinero de renta en cervezas y sonrisas soslayadas. El bartender es bruto como él solo, pero quemaíto como me gustan. Aparecen los cirqueros para pedir chavos y los demás prenden filis con las antorchas de los malabaristas. Los observo desde mi esquina, me derrito con el humo azul de los Marlboros rojos y tomo notas mentales.

Ricitosdecobre había resucitado. No nos veíamos hace dos lunas llenas, cuando quisimos bañarnos en un río a medianoche... pero aquel jueves, como el comienzo de este jueves, estuvimos atascados en Santurce, sin más afluente que las quebradas del río Piedras.

En mi apartamento, Ricitosdecobre abre la boca grande y enfrenta The Cosmic Space Labyrinth, una bonga de trentaiséis pulgadas. Acto seguido se riega el lip gloss con la lengua como si se aferrara a un pingo prieto y peligroso por primera vez. Pega el fuego donde gusta, casi pierde el equilibrio por no anticipar tamaña gordura y recibe el lechazo de humo directo a la garganta, le chorrea por la boca en borbotones espesos. Confieso que me excité tanto que lo grabé en el celular y estoy dispuesto a enseñárselo a quien sea, ya que no quiso que lo subiera a Tumblr.

Carademiel salió de su enzorramiento y nos acompañó en la sala, quejándose de sus exámenes. Me emocionó tanto que por fin emergiera de su cueva, el cuarto vecino, por fin estira su sonrisa conmigo y más nos parecemos roommates en la misma quilla. Se une al section y mis ojos pierden enfoque con tanta hinchazón. El laberinto se sigue preñando las vísceras de humo. La casa está en orden. La butaca que encontré un domingo en la acera. El Wii conectado a Internet. El soundtrack de Grease. Mis tacos size quince. Mis libros por todos lados. El cenicero desbordándose. La puerta cerrada. La sobriedad en nuestras venas. Pero lo último que muere es la costumbre, y nos montamos en el gris Mazda 3 de Ricitosdecobre y rugen los cambios todo el camino. Con Angélica, la pieza que siempre llevo conmigo, llenamos el carro de humo y de Magic 97.3.

Llegamos a Club 77, a dimly lit hipster bar, y resucitan más muertos. Una cara apenas reconocible me sonríe con su pelo de lesbiana curioseada. Panchita me mira y se ríe, como siempre, para que la pista entera se entere. Monarca me da un beso en la boca, ya que se siente más sensual con su nueva pantalla, me dice mientras me pega el sorbetito de su Tito's con toronja a los labios.

Carademiel me dice: "I'm lusting". "After whom?," le pregunto. "That guitar player. Goddammit!". La banda soquea tanto que tendrá que pagar sus propios tragos, pero un patrón borracho le regala una Peroni al cantante y este se vive la movie de rubio anoréxico, de anuncio de Guess en los noventa. Le baila a la que más cerca está del escenario, y me quedo pensando en hace diez años, en hace quince, veinte, cuando el país estaba en crisis, como siempre, pero siempre había leche en la nevera y cable en los televisores. Monarca me regresa de nuevo al presente. Lamentamos nuestra derrota en el certamen de la universidad, pero le digo que los premios son como los polvos: a veces se dan, a veces no, a veces uno no los espera y a veces se nos escapan por los dedos.

La guitarra nos electrifica el pelo. Ricitosdecobre se distrae en una esquina con su ex. Carademiel se va a putear por un Benson. El cantante por fin llega a su punto máximo de embriaguez y la banda mejora en cantidad. Algo del cantante pseudogermánico me cautiva: será su acento estándar, su cuerpo de drogas intravenosas; le veo cada vena, cada río en el mapa de su cuerpo. Panchita se ríe desde su esquina de puro éxtasis. Los demás rostros mal trazados sobre la bruma: muertos, desaparecidos. Ricitosdecobre de nuevo a mi lado, lamiéndose las heridas, me invita a comprar más cervezas. Carademiel no me encuentra entre tanta penumbra.

Y por fin me encuentro en la vitrina oscurecida. No tengo espejos en mi apartamento. Uno se murió con el terremoto que causé con un negro turista de Atlanta; mi reflejo no pudo con la presión y se tiró de la pared. Ahora prefiero verme el rostro en los cristales de los carros, en las ventanas de los pasillos, en los charcos de agua estancada. Ahora me veo en el espejo negro del Club 77, entre las manchas de dedos y parchos de cerveza, distorsionado.

No sé en qué momento de esta adultez malograda dejé que me invadiera el descuido.

Ricitosdecobre se acerca y me confiesa otro secreto: "Así somos los de Humanidades, siempre perdidos, todos a la vez. Pero nos identificamos". "Sí, loca, todos estamos en la crisis". "Pero ¿deberíamos estar acostumbrándonos a vivir en la mierda, o a sobrellevarla?" Nunca le contesto. Delibero lo mismo a diario, si la quilla es un estilo de vida impuesto o autoinfligido. Confieso que me estoy acostumbrando a la economía estudiantil, a la pobreza tropical, a la más compartida e insidiosa. Casi llegamos a la cima, hace diez, quince, veinte años, en nuestra última niñez, en aquellos años de americanización japonizada, de sonrisas electrónicas, de señales de humo que hueíamos como grises rascacielos en la distancia... pero algo pasó. Algo nos dejó en el camino.

Ahora nos vamos, porque el jueves nos sabe a cualquier otro: a despedidas, a cervezas, a cenizas y cunetas. He ignorado las presentaciones de libros, los conciertos, los mercados, los autores, los eventos culturales, todo. No tengo ninguna razón en concreto. Me acuesto todavía con las ganas de algo más, de algo que no sé identificar, de algo que siempre fue mío, pero que siempre me fue negado. Sigo esperando el destello, el asteroide, el arco formado entre las nubes, el fuego, el temblor, la gran ola que se aproxima a mi costa a toda velocidad.

MOÑAS DE MARRUECOS

Estos cabrones de Quebradillas tienen un problema serio con estar donde dicen que van a estar a la hora acordada. Eres puntual... bueno, llegas como a las nueve y pico cuando dijeron a las ocho y media, pero esto es Puerto Rico, el tiempo corre distinto en el Caribe, y el verano sin fin hace que los meses se derritan en una plasta de días parecidos. Si solo van a fumar y más nada, ¿por qué se les hace tan difícil quedarse en un mismo sitio y fumar media zeta como buenos mafuteros? Dicen hoy en el Teatro, justo antes de que los presentes den dos pesos para el fili, por eso será que se olvidan la hora acordada; que el Culón (su verdadero nombre es Bobby, pero te satisface más pensarlo en calidad del nalgón más enjamonado de Naturales) es un cleptómano con más extremidades que un pulpo. Sus tentáculos crecieron a los cuatro años tras robar un paquete de los mismos condones que compraba el padre; tuvo la perspicacia de ponerlos en el biberón de

41

su hermana para que pudiera chupar leche con sabor a fresa.

El Culón se quiere tumbar dos botellas de vino del Pueblo de Hato Rey. Se va a tirar lo que Curbelo y el Posmo lograron el fin de semana anterior: robarse más de cien dólares en vinos chilenos, que resulta ser tan sencillo como velar que nadie esté mirando en lo que meten botella tras botella en el bulto de Curbelo: un satchel repleto de pins pro legalización que usa desde primer año. El alcohol, para desgracia de la empresa y para suerte de los acolitas de Baco, queda en el blindspot de las cámaras de seguridad. En cambio, tú lo más que te atreves a meter en el bulto son libros, bolígrafos o wallets de Hot Topic o las pantallas de mujer de Macy's. Malditos.

Asientes a llegarle al apartamento de Curbelo, no por el vino, sino porque la Puta Astuta dice haber conseguido la yerba más exquisita, más parapelos que haya arrebatado en suelo boricua. Tanto dulce le recorre las glándulas salivales que siente la necesidad de contar la leyenda que le llegó en un sobre antiquísimo y que el empleado de UPS le entregó junto con una caja de terciopelo dorado. La Puta Astuta siempre ha tenido unas piernas cabronas, es lo primero que notaste de él cuando lo conociste un día rándom que ves a la perra montarse con las piernas afeitadas, la tez hindúa y las gafas de heredera entrando al centro de rehabilitación. Con las piernas en pose de sirena contemplando el horizonte desde los acantilados de Quebradillas, relata entre jaladas la historia de una yerba tan potente, tan sensacionalmente apestosa, que las primeras expediciones del río Orinoco se dividieron en dos bandos al notar en el aire el delicado danzar de un perfume tan espeso, tan cercano al olor del sexo de sus esposas en Iberia, que corrieron tras aquel rastro como perros de caza, cercenando los hatos vírgenes, penetrando por pantanos plagados de caimanes y bosques infestados de panteras hasta que, cinco días después, unos siete sobrevivientes se desmayaron al toparse con un golpe perfumado proveniente de un puñado de matitas de cannabis ocultadas del mundo en una pradera pequeñísima, un ojo en el torbellino de las amazonas precolombinas. Eran tan rojas sus hojas y tan doradas sus moñas que les pareció una gran flor de maga importada desde Júpiter. Solo un sobreviviente, de milagro, pudo reencontrarse con los exploradores mientras huía de la oscuridad del bosque abrazando una de las matas que arrancó de raíz. Los ojos locos, su armamento de hierro prensado destartalado y su cuerpo cubierto de mordiscones, rasguños y picadas infectadas (el ojo ha desaparecido en el jamón de su cachete, según las crónicas), y pidió refugio de las bestias y alimañas que lo atacaban atraídas por aquel perfume embriagador. Pero no lograron desenredar sus manos de la mata, y durmió con las moñas susurrando agradecimientos por haberlas salvado del laberinto del bosque. En efecto, las moñas resultaron malditas: de regreso a las Canarias, un huracán revuelca y separa las aguas del Atlántico, un temporal tan poderoso que todavía no hay paralelo en la contemporaneidad, pero el explorador se encierra en su celda con su saquito de buds dorados y las semillitas rojizas, a pesar de los gritos de la tripulación y la tormenta y el crujir submarino del Kraken.

—¡Loca, te fuiste en el viaje! —le dices, estirando la mano para que te pase el fili.

—Mala mía —te contesta y muestra su dentadura perfecta—, pues nada, esta semana aprendí que tenemos familia en Marruecos porque me llegó un paquete desde allá a mi nombre y yo pensé: "Jmmm, ¿de Marruecos? Más vale que sea yerba". Y de pura casualidad, cuando lo abro, hay como un pergamino de esos con la leyenda que no me dejaste terminar de contar y unas instrucciones para que las cuatro zetas que estaban dentro de unas latitas de café fueran enroladas y fumadas esta noche, equinoccio de primavera, por los soldados de los Titicaca, creo que así se llamaban, antes de que las fuerzas imperiales del rey Iztukmambarqueseyoqué vengan a deshacerse del heredero.

—¿Cuatro zetas, cabrón? —dice el Posmo con sus ojos de fiera que acecha.

—¿Desde Marruecos? —le preguntas.

—¿Hoy, en una sola noche? —pregunta Curbelo, aunque él está dizque quitado.

—Sí, porque si no pues "las consecuencias serían catastróficas" o algo así. Total, cuatro zetas y me salieron gratis. Why not spread the love?

—Dale, yo me tumbo los filis —dice el Culón acomodándose en el piso, mientras se sacude del pantalón la ceniza del piso del Tea.

—Los podemos enrolar en mi apartamento —dice Curbelo—, si le llegan como a las ocho y media cuando ya haya salido de la universidad.

—Eso me da break para ir a comer a mi apartamento —tú dices, aunque sabes que eso es mierda, es que una ponquita de Sagrado dijo que quiere que se lo metieras hoy después de las seis.

—Perfecto, vamos a hacerlo —dice la Puta Astuta—. Hoy es jueves, ¿verdad?

—Acho, repartimos los filis en el Bori, obligau— añades, pasando el fili.

Con tal sencillez se formula el plan. Pero estos maricones nunca contestan el teléfono, y por ponerte a fumar en lo que pasan las horas, se te olvida la estufa y quemas tanto el arroz que lo botas con todo y olla. El de Sagrado pichea porque tiene examen de Química y ahora estos diablos hijuelagranputas no están en el apartamento de Curbelo, y llamas al Posmo solo para que no te conteste y llamas a su roommate, Pangolaman, y te dice que están en su apartamento en la Humacao esperando a que llegue la Puta Astuta con la yerba. Los insultas por diablos hijuelagranputas que no avisan cuando cambian sus planes y te dice, tras reírse de tu encojonamiento genuino, que avanzaras antes de que se fueran los filis. Bueno, vuelas bajito por la Muñoz Rivera y, cuando llegas, te saludan con la efusividad de un macharrán saludando a un maricón que le cae bien: te gritan ¡Putaaa! y te abrazan y se esfuerzan por agarrarte las nalgas, mientras tú, en cambio, haces un esfuerzo para no reciprocar el gesto.

Encima del counter yacen unos cilindros de metal brillosísimo, tan pulidos que el reflejo de la luz te molesta en los ojos. ¿Latas de café?, preguntas, pero la Puta Astuta te enseña una copia del mamotreto de papeles de herencia que le confieren las cuatro zetas y los pergaminos de la historia de la Flor de Al-Iktuzmambik III por decreto de su tío abuelo Abdullah Shamar Al- Zalillimanik, adjunto hay una traducción rudimentaria al español de otro siglo. Tratas de descifrar lo que parece ser la maldición del último rey de los Triticocu amazónicos, pero en esas aparece el Culón con un par de cajas nuevas de Phillies (todavía tienen el plastiquito de cubierta) y Curbelo con su bulto claqueando con unas cinco botellas de vino.

—Ustedes son unos ángeles, de verdad —les dices, consciente de que eres el único sujeto sanjuanero entre ellos.

La Puta Astuta comienza su retahíla del mucho cuidado que deben tener con lo que acontece porque esos documentos son reales y muy serios y no quiere problemas con nadie. El Posmo y el Pangolaman se dedican a abrir los filis y echar las tripas en su zafaconcito repleto de gusanos. El Culón descorcha las botellas en lo que Curbelo pasa unas tazas de café con vino. Te sientas a leer las traducciones de los pergaminos y, aparentemente, lo que ha dicho la Puta Astuta aparece ahí en los documentos escrito en árabe floreteado con tinta color coágulo de sangre y cubiertos de polvo rojizo. Sigue la leyenda que no hay sobrevivientes del naufragio, salvo por un barril que aparece en Marruecos unos meses después con un saco de moñas y el último testimonio del explorador canario (fechado para el 7 de octubre de 1780) en el que relata sus noches de tormento en la jungla feroz y en el que implora con desesperación que nunca, jamás, se siembren las semillas en suelo fértil.

—Bueno, ¿estamos listos? —dice la Puta Astuta al arrebatarte los papeles de la mano.

—Dale, dale, siempre he querido fumar krippy de Marruecos —contesta Pangolaman.

—Vamoallax.

La loca esta se pone a leer lo que suena árabe inventado y masticado. Curbelo le dice que tiene que hacerlo como si estuviera orando y encojonado y a punto de estrellar un avión mientras coloca su mano izquierda sobre la tapa. Parecen conjuros mágicos y se te paran los pelos. Las luces del apartamento parpadean y un viento oloroso a sal se cuela por la entrada, cosa que no tiene sentido porque estamos en Santa Rita; a lo más que huele es a orín de vieja deambulante y mierda de gato en las aceras. La puerta principal se cierra de cantazo cuando la Puta Astuta termina de leer y la tapa se desenrosca sola con una lentitud atroz y libera un vapor espeso color rosa que guinda cerca de la superficie. Te tiras de rodillas porque el olor es tan meloso que tienes que esconder una erección. Notas que los demás andan con las rodillas débiles. Huele súper-extra-frutoso, una mezcla fresa-china-limón-mangó, quizás, pero es tan espeso el hedor que pronto llena el cuartucho de su apartamento. La Puta Astuta se amarra una bandana negra sobre el rostro, se pone sus gafas cobalto y nos manda a nuestras estaciones.

Embriagados por aquellas moñas doradas, relucientes, esponjosas, tan escarchadas de cristalitos de THC que parecen frutitas azucaradas, van moña por moña inspeccionando cada centímetro de su superficie, hojeando con un óculo magnificador la matriz rosa que las hojas adquieren bajo luz directa. Curbelo y tú aguantan la respiración en lo que, con pena en el alma, desintegran las moñas con las manos. ¡Se sienten como hojas sacadas de matas silvestres de Playa Escondida, qué ricura! Pangolaman y el Posmo —sus ojos lucen hipnotizados a plenitud— polvorean las hojas de tabaco con las moñitas que desintegras. "Bobby, no le tomes fotos a las moñas", grita la Puta, "¡ponte a enrolar, gordo cabrón!" y en dos horas tienen unos noventaisiete filis preparados para repartir entre las masas.

De camino al Bori, el Culón pregunta por qué no venden los filis y ya. Aunque no es mala la idea, siempre te has inclinado a no aportar en mano de obra a ese mercado subterráneo, piensas que eso va en contra de alguna filosofía personal a la que te apegas cuando comienzas a fumar en la superior, que la yerba es una mata que echa donde sea y que debería ser distribuida a las masas para por fin acallar la ola criminal que hace a la isla tierra de nadie. Concuerdas cuando la Astuta dice que nadie aquí estaría dispuesto a pagar más de mil pesos por uno de estos filis: sencillamente no tienen precio. Miras al Posmo y los dos tienen agua en los ojos; anticipando el section de la vida, saltan agarrados de brazos en su manera weird de tardoadolescentes acostumbrándose al libertinaje. Son las doce y el Bori está lo suficientemente lleno como para completar la misión. Incluso, escuchas entre buches de Jack con coco de que alguien anda por el casco de Río

Piedras con la yerba más apestosa que haya cruzado aguas caribeñas, que abrió su stash para enrolar pal de filis muy al detrimento de los jóvenes padeciendo de la economía estudiantil. Bueno, a ti te enseñaron a siempre compartir riquezas con tus compatriotas, y mirando a tanto estudiante hambriento, te alegra que la Puta (quien nos salió Astuta) comparta aquella iniciativa y reparta su herencia a los tecatitos hambrientos.

Rodean a la Puta Astuta en lo que abre el botín (¡qué rico pensar que los leones de Sion los bendicen con una lata llena de filis!) y puedes ver cómo al instante los ebrios presentes viran sus caras hacia ustedes. En realidad parecen cinco pingüinos raspándose una paja colectiva con la Puta arrodillada entre todos, y se acercan, pasos tentativos, como buitres acechando al cadáver de una chita degollada. Te cuesta no virarte y arrancarle la yerba de primera instancia, llevártela a la playa y revivir cada vigésima tarde de abril que haya pasado por el calendario. Entonces la vellonera del Bori se apaga y más gente se desborda desde el balcón hacia ustedes. Se escuchan murmullos, preguntas, se notan las miradas desesperadas. Los testigos parecen listos para alzar vuelo a la menor provocación. Les dices que tal vez la iniciativa no fue tan buena idea.

—¡Filis, filis para todo el mundo, quién quiera, que pida que hay! —comienza a gritar la Puta, arrojando una mano de filis al aire.

Estalla un pandemonio. Gritan al coger los buqués en el aire. Se enredan en la brea a pelear y agarran los blones que pueden. Algunos explotan sus Medallas en la brea para que los más desesperados se destrocen las manos y agarran hasta las moñas más ensangrentadas. Es algo de la noche, algo de la luna de sangre con cielo despejado; los ojos grafiteados en los murales detrás del Bori hacen del evento un presagio. Te empujan y pronto pierdes contacto visual con los quebradillanos. Cuando entre los chillidos escuchas encender los primeros lighters, te encuentras con el Hijo de Pedreira, quien tiene un hambre en los ojos tan profunda que escondes los dos filis que agarraste antes de que te arrancaran el brazo.

—Mera, wo, ¿esos eran ustedes con los filis? ¿Todavía les queda?

Se acerca demasiado; hueles el Jack Daniel's a las rocas en su boca; algo en su mirada, en su pancita sexy, te despierta las hormonas. Te nace un plan en la cabeza.

—Si me dejas mamártelo, te doy dos filis.

Furia le brilla en el semblante, que rápido extingue. Mira su reloj y lo contempla como una canica rodándole en la lengua.

—Dale, vamos por allá —él dice tan bajito que apenas lo escuchas. Le agarras el brazo antes de que se arrepienta.

Dejas al gentío irguiéndose en sus nubecitas de humo; por todos lados suspiros de alivio, de goce. Van a un lote baldío cerca del Bori que usan para proyectar películas y empujas al Hijo de Pedreira contra la pared, lejos de las luces de ocre. Le entregas el primero de los filis. Cuando te arrodillas y le desabrochas el mahón, te chorrea la saliva porque ya lo tiene parado, no tan gordo, pero de unas siete pulgadas que caben bien en la boca, saladito como gusta. El Hijo de Pedreira empieza a gemir y no sabes si es por la jalada de humo o tus facultades orales pero que se joda, ¡que viva la yerba universal! Desde lejos escuchas como gritos, ¿esos son gritos, de terror?, como sonidos de animales extraños, seguido por una explosión de cristales. Empiezas a jugar con los pelos debajo del ombligo, le pellizcas las tetillas y los matorrales en las axilas, le chupas la pinga hasta que se le hincha la cabeza de sangre. Te empuja al piso y caes en el fango meado, lo miras con reproche, pero su torso entero se ha cubierto de pelaje negro, su cuerpo se expande hasta que su ropa se deshace, su nariz se estira hasta formar un hocico con colmillos dorados puntiagudos, y de repente te encuentras indefenso en el piso, a punto de ser devorado por un gran hombre lobo que ruge su lamento canino a la luna llena.

De la nada aparece un guaraguao del doble de su tamaño, lo aprisiona con sus garras y en el aire le arranca las tripas con un buen picotazo, bañándote de su sangre espesa, y se lo lleva volando en dirección al Bori. No entiendes nada, pero el olor de la yerba es aún más intenso, y empieza a aparecer un humo azul, meloso, que se arrastra por las calles, similar al que salió de la lata reluciente. Corres hacia el tumulto y lo primero que ves es un rinoceronte rosado, con un culo tan enorme que las nalgas rozan los edificios, y con la cara tan triste (bueno, en realidad, ¿cuán triste se puede ver un rinoceronte rosita?) que se va corriendo con lágrimas en los ojos. Una manada de cacos pasándose el fili se desintegra ante tus ojos en un charco de cucarachas desorientadas y se esparcen por las alcantarillas. Unos prepas se quedan tiesos y, luego, se arrancan los brazos para disparar balas reales de sus dedos como ametralladoras. Ves al Pangolaman comenzar a dar vueltas como batidora en lo que suelta un hilo continuo de humo por la boca; taladra el asfalto con tanta velocidad que crea una gran fisura por el que se caen una aglomeración de mutantes y bestias de circo, de monstruos sacados de las películas: anacondas cobrizas de treinta pies de largo luchando con calamares guindando de los postes, elefantes de marfil con tres trompas aleteando contra una millonada de avispas metálicas, ovejas con ocho patas escalando las paredes para escupirle fuego a las piernas del Posmo en lo que este se va gritando hacia la avenida a buscar a la novia. Sientes un mordisco en tus pantorrillas y ves a un chihuahua color arena con una bandana negra en el cuello; lo agarras para que no lo aplaste la estampida de antílopes, pero te ladra y te sigue mordiendo, te orina cuando lo aguantas frente a ti, y cuando lo tiras hacia un revolú de gritos y de humo, explota en un puff de escarcha fucsia.

Encuentras a Curbelo transformado en una estatua de cera, con la cadera a un lado y un Benson en la mano; ay, Curbelo, ¿él no había dejado de fumar?, ¿por qué volvió a caer en el vicio?, te preguntas, y tanto que lo admiras por ser el único de ustedes que logra cerrar sus ciclos. Le prendes la mechita que tiene en la coronilla para que se derrita y finalice su miseria. En esas, sales del shock y comienzas a llorar de la desesperación porque no aparecen más caras parecidas y no entiendes lo que está pasando. Gritas fuegooo-fuegooo por el Bori pero no hay nadie, solo entes amorfos gruñendo del dolor al ser convertidos en algo que no parece animal, algo que no parece de esta dimensión. Escalas una pila de cuerpos y te trepas al techo encima de los murales, mirando entre la neblina para ver si encuentras a alguien, pero nada: te tiras bocabajo, rogando que la pesadilla acabe pronto, que la muerte no vaya a ser tan dolorosa como las demás.

Y se te ocurre: ¿qué mejor que la yerba para el dolor? Pal carajo. Con manos temblorosas, sacas el fili que guardaste en el bolsillo y lo prendes cuando se escucha el boom y desciende otro apagón sobre Río Piedras. Además de los chillidos desde la avenida, de la oscuridad profunda escuchas un rugir bestial que parece provenir del mismísimo centro de la tierra. Sientes que el humo penetra más que los pulmones; sabe tan frutoso, tan mangopiña, que comienzas a llorar del éxtasis de haber probado tan incomparable delicia; para la tercera jalada, sientes un fuego arrastrando sus uñas por las venas que te quema los huesos por dentro. La piel se torna grisácea, escamada; una cola brota del pantalón; tu lengua se extiende y desciende hasta el ombligo; puedes identificar el origen del olor a cuero y bacalao y metal fundido y hormona adolescente en el aire. Te asusta cuando a la mano con la que estás aguantando el fili le crecen garras y logras escalar la pared hasta llegar a una ventana y ves un gran reptil de lengua oscurísima en el reflejo.

Probando tus patas poderosas, cruzas el puentecito sobre la Gándara y en un dos por tres ya estás escalando la Torre. Desde allá arriba, San Juan parece un mar de lucecitas y nubes en forma de honguitos. Con la lengua hueles las llamas de las gasolineras. Desde la oscuridad de la noche escuchas más guaraguaos cortando el silencio de primavera recién nacida con sus alaridos de hambre. Te viras porque descubres a dos bellacos salir a la cuadra de Humanidades todavía con los pantalones en los tobillos, asustados, gritando por las explosiones constantes y los temblores. Con un sigilo innato, te deslizas entre los matorrales y, cuando los tienes a tu alcance, agarras al primero con tu lengua negra y lo arrastras hasta las penumbras. La otra ponquita chilla y huye en lo que devoras a su amante y te chupas las garras enredadas con sus intestinos.

Después de despedirte de la contingencia perpetua de gatos humanistas —ellos entienden lo que es comer sin paciencia cuando el hambre ataca— vuelves a escalar la Torre para velar por la seguridad de la campana. No sabes por qué lo haces, por qué sigues ahí; pero algo te compele. Total, ya estás un poco más cómodo en ese cuerpo de reptil. Sientes los huesos más livianos. Tus ojos siguen hinchados por el arrebato, pero los puedes esconder en el cráneo. Pronto mudas la piel. Tienes frío, pero en poco sale el sol, y entonces recobrarás tus fuerzas. Sientes que este cambio durará un buen rato, pero no molesta. Con estos ojos, los colores se fragmentan en ondas inconclusas, en tonos extraños y delirantes. Hasta se vislumbran las detonaciones más cercas de la costa. Ahora te toca defender hasta la muerte el medio fili que te queda, porque no tienes más yerba y no crees que le venderían sacos de pasto a dragones.

LOS FILIS QUE NOS UNEN

No es lo mismo verlo en un pseudocumental de MTV que experimentarlo en carne propia. Porque no es hasta que decidimos dividir el corazón en tres o más partes, repartirlos a tantos vientos que olvidamos cuál nos toca, que por fin entendemos que tanto amor sí es posible, que tantos años de intentos fallidos y polvos a mitad y palabrotas a medio verter pueden, al final, trazar más constelaciones en la noche. Cuántas veces me he pensado a la sombra de esa gran metamorfosis, de esos maremotos en los sesos que liberan el estreñimiento, que reviven el pulso a los riñones, que me hacen pegarme a una pantalla alumbrada y plasmarme hasta el próximo lunes de madrugada. Me han quitado el hambre, y me la han devuelto de un sopetón. Qué hago conmigo... qué haré con las horas que tengo por delante.

Confieso que son los celos más pendejos. Un lagarto esmeralda siseando por la entrepierna, murmurándome cosas por las costillas. Leo recostándose de la falda de Edwin. Leo quedándose dos noches corridas en casa de Edwin. Leo comprando pechugas de pollo de ECONO para prepararlas en la semana con Edwin. Leo compartiendo sonrisas y miradas furtivas con Edwin sin pensar que no me doy cuenta, sin tomar en consideración que mi visión periférica ha evolucionado y solo palpa sus contornos. Y me hielo sobre las losetas del Tea, memorizándome cada detalle como quien observa una guagua a toda velocidad en contra del tránsito, encogiéndome del apretón en el estómago que no desaparece ni para almorzar, imaginándome una mosca que busca morir del cantazo eléctrico en la tormenta que ruge entre sus miradas. A veces muero por dentro cuando los veo así, tan burbujeados y distantes, tan efímeros en el cuadrado de su enchule mientras se cristaliza mi soledad cúbica. A veces les dedico una noche de insomnio, me arranco los huesos por las yemas de los dedos, les susurro secretos que jamás les llegaría a decir, pero sé que comparten sus propias fantasías, sin mi consentimiento.

Qué horrible es compartir una corilla con dos amantes, sobre todo cuando aún no saben que ya son mis amantes.

Esta mañana no pienso salir de casa. Portugués puede esperar veinticuatro horas más. Se me olvida pedir las Buspirones y ya tiemblo de la ansiedad. ¡Después de tantas semanas de andar en paz! Cuando por fin se apagan las cenizas del último rompecabezas, del último delirio carnal que desestabiliza la corilla y logro restablecer los patrones de una supuesta normalidad en el semestre: llego diez minutos temprano a mis primeras clases, cojo frío en la Lázaro hasta medianoche, contesto los exámenes en tiempo récord... Fue un derrumbe total, de un día al otro. Y no tengo a quién ofrecerle la esfera de hielo formándose en mi pecho.

Hace diecisiete horas con cuarentainueve minutos, Edwin le dibuja patrones fractales en el bíceps a Leo. Aquel brazo de nudos musculados, venas que trazan mapas de vida, con enredos de oro que, alguna eterna vez, rozaron suave mi torso estriado. Edwin tiene talento para ilustrar, y preña sus libretas con ancianos impresionistas enrolándose cigarros, con protagonistas de anime que se atontan frente al lector, con fractales complicadísimos estirándose desde el fondo de un hoyo negro. Noté la primera chispa en el ojo de Leo, hace exactamente siete semanas, cuando agarró su libro de alemán traducido al griego y descubrió las horas que Edwin trazaba entre líneas. Sus pupilas se inundan de curvaturas y proporciones extrañas, de doble ojos y geometría sagrada. Pasan el resto de la tarde gastando los marcadores que se tumban de Walgreens en las libretas que Leo no ha cubierto con sus propias pesadillas. Paso el resto de la tarde en la misma esquina del Tea, palpando las losetas y el estómago vacío, midiendo el volumen de sus risas. Leo no va a Lecturas del Pacífico; yo no voy a Teoría Literaria.

En verdad no tengo por qué sentir que puedo reclamarle algo a Leo. Una borrachera no justifica mis obsesiones, mis notas a pie de página, mis versos con su sal en mi boca. Resulta que Leo se deja tocar cuando está como tuerca y tambaleando, si nos rodea la corilla y descartamos sus fresquerías por las hormonas en el aire. Las esporas bellacas, como diríamos. Me acuerdo de que esa noche a fines de julio celebramos el regreso de Sarah de Granada, y la Corilla de las Malas Ideas hace un caba para unas mollies tan puras que los escalofríos llegan en quince. Dejamos decenas de latas de Medalla, una treintena de cajetillas, brasieres arrancados con rabia, empaques de condones (menos mal), piezas y saquitos vacíos por doquier. Brincamos un rato al son de un playlist de deep house de Berlín, pero alguien pone en YouTube un mix de perreo de cuando estábamos en once y los parties en el Caribe Hilton se inundaban de humo azul. Leo sin camisa sacude las caderas en el centro del círculo, un nido de pelos deslizándose como un filo desde el centro del pecho hasta el tope de sus Calvin Klein. Le agarro los pezones porque a cada rato disfruto causarle dolor en el cuerpo, y me muero por escucharlo quejarse a medias. Mi mano intenta estimularle el roto del culo y siento su brazo agarrarme una nalga con ganas. Subo la mirada a nivel once y lo clavo: él reciproca. Esa noche me propongo ajustarme los pantalones y dejar que Yiyí en su sabiduría universal me alumbre el camino con sus rayos plateados, permitir que el universo me conceda un milagro cuando ya he perdido la fe en esas histerias.

De las pocas veces que tengo suerte. Un puñado de borrachitos se quedan con nosotros en la Peregrina. Leo tira una de mis colchas al suelo y ronca en segundos. Mi cuerpo tiembla en el poco espacio que nos separa. Finjo acostarme a su lado y mi pata se estira sola. Él se mantiene inmóvil. Pero el amargo de mi saliva me alienta la desesperación, y ya son meses de hormonas acumuladas que me matan las fantasías y rellenan mis páginas cuando debería estar conjugando en el futuro del subjuntivo. Pequeñas bendiciones como estas no pasan a menudo: preciso contar cada una y mudarme al próximo enigma en cuanto me venga. Jamás pensé que aquella sed que su desnudez me provoca se extinguiría, ni con las primeras aguas que crearon vida en la tierra hace billones de años. Aquel musgo de su intimidad, aquella humedad latente, aquel respiro de calor en reposo, en mi espera, no hay palabras que alcancen el sentimiento, ni para describir cuando sus fauces, tras meses de anticipación, se cierran sobre mis articulaciones más temblorosas. Ni me atrevo a convertirlo en lenguaje y extirparlo como el cáncer que es: ese cuento es para mí, para él, para el cuarto en el cual existimos como si el tiempo no pasara.

Un solo episodio es suficiente como para tintar cada una de mis palabras con sus misterios. Ahora tiemblo en intervalos porque respiramos los mismos tiempos y espacios, porque he permitido que coincida con mis intereses y amistades y filis y hasta fluidos corporales. No puedo medir las horas en mi día si no cuento los segundos que nos separan. Memorizo sus rutas entre los edificios, sé cuándo virar el cuello para verlo vagar los pasillos entre clases, mantengo un récord de cuáles de sus divagaciones los empleados del recinto todavía no han borrado de los cubículos de los baños. Sesentaitrés sobreviven. ¿Qué enfermedad me ha colmado los pulmones de magma? ¡Qué maldita la hora que tragué de sus aguas cuando el peor de los destinos es la eternidad!

He soñado que Leo le dibuja enredaderas en el cuello a Edwin. Le tatúa diminutas orquídeas con anteras turquesas, mariquitas y zumbadores mamándole los pétalos, el tallo extendiendo su delicadeza por sus ríos de sangre, sus parchos de pelo negro, su entrepierna olorosa a talco, los huecos entre los dedos de sus pies. Siento sus dedos toquetear su piel como si fueran míos, mis manos rozando aquel cuello ajeno, trazándole líneas doradas que amarran a Edwin a mi piel. Estremezco del susto que me provoca, me asquea el charquero en mis sábanas. Corro hacia el baño y expulso un solo buche de ansiedad. Me niego a salir de mi apartamento: prefiero cerrar las ventanas y apagar el abanico y sudarme las toxinas del cuerpo. La corilla se puede tirar las malas ideas en mi ausencia. Pueden caballearse las cajetillas y las botellas de agua y la comida gratis de los pentecostales en la Gándara sin mí. Ahora me hostiga el desplazamiento de aire que sus movimientos causan en mi atmósfera, me enredo a sus medidas, se exponencian en mis sueños. Cuando por fin logré superar la asquerosa condición del tiempo y el espacio en repetirse.

Edwin es otra cosa. No sé dónde termina su cuerpo y dónde comienza mi hambre por él. La idea de enamorarnos corre por mi cabeza, pero reconozco el mismo destello en sus ojos. Un reconocimiento recíproco pero inefable. Comparte aquel fuego conmigo, será que tiene demasiado como para contenerlo en sí, como para apuntarlo en una sola dirección. No sé qué pensar de su enlace químico conmigo, de su efecto sobre mi biosfera. Y ya Leo se está dando cuenta. Será que hago el esfuerzo de murmurarle cosas al oído, bellaqueras que Leo solo me imagina capaz de hacer, pero que Edwin se goza con mi lengua rozándole la oreja. Intento desesperadamente en coserme a su costado, en integrarlo a las conversaciones de WhatsApp, en invitarlo a almorzar conmigo y Leo (o colarme con ellos cuando desaparecen a comerse uno al otro, lo sé), en medir sus pasos y sonrisas y anécdotas y dibujitos como si fuera Leo rellenando sus papeles de figuras tridimensionales. La estrategia encaja desde antes que la identifico. El interés es fingido, pero Edwin tiene una habilidad para derretir hasta una estrella con su ternura. O seré idiota, una de las dos.

Me entero de que es librero amateur. Que es un nómada más con mirada de pirata y barba de Melquíades vendiendo ejemplares de su cajón de cuero de siglo pasado. Que hasta algunos profesores le hacen encargos de libros rarísimos que adquiere de alguna manera u otra. Que así se las ha buscado desde primer año, aunque este semestre le cancelaron la matrícula porque no pagó a tiempo, por lo que ahora tiene cuatro meses para quemar y Leo ahora tiene con quien enredarse cada vez que se le reactiva el ADD. Al principio es un pretexto para pasarme con Leo, medir las horas con los dos al lado, palpar nuestros contornos y llenarme la cabeza con sueños sin consumar con todo y que esas fantasías me provocan insomnio. Pero antes de que sea demasiada la culpa, crece una apreciación por Edwin, un relampagueo intenso, una tormenta de verano y septiembre apenas cerrándose. De pronto me veo pensando en Leo luego en Edwin, en Leo y Edwin, en Edwin luego en Leo, en Edwin y se me olvida que Leo está de camino a encontrarse con nosotros, pero está lloviendo y Leo está atorado en la Lázaro en lo que escampa y prefiero verborrear de muñequitos noventosos con Edwin y redescubrir episodios de mi niñez que había enterrado hace siglos. ¡Qué puntería la suya! Accede hasta a mis represiones olvidadas, mis terrores nocturnos de sexto grado, mi bullying por cuera en octavo. Hojea mis páginas en blanco, las rellena con su tinta sabor a menta y se despide con besos en la boca... hasta que Leo pretende mirar al resto de la corilla pasándose el fili en el Tea y su risa no convence a nadie.

Así es que llegamos a ser tan inseparables a pesar de la línea de polvos que nos unen. El amor al pasto supera que Leo y Brian compartan cómics de yaoi en agosto, que Brian escriba su amor por Leo en notitas que doblan para recoger la ceniza de los Marlboros. El impulso de enrolar juntitos en un círculo a la hora universal sobrelleva los meses de tormento que Brian comparte con Christian, los trajecitos que se tumba para él de Zara y Forever 21 que le llegan justo a la nalga, los que Christian le alza en el callejón del Bori y nosotros que ignoramos su lipstick regado en el cuello y hombro. La libertad de brotar humo azul de los pulmones es mayor que la que siento con Christian cuando se queda una semana conmigo en mayo, botado de la casa con un mar de lágrimas a sus pies, y chingamos los cinco días que le cocino arroz con pollo y rellenos de amarillos porque la lluvia nos amarra a la cama, la cocina, la ducha, el balcón. La promesa del próximo fili me convence de juntarme con Madéline la vez que Leo la manda pal carajo y solo yo le respondo a su desesperación cibernética, y no siente más remedio que agradecerme con el vibrar de sus caderas. Aquel poliedro de remordimientos y pichaeras sigue acumulando vórtices entre nosotros, pero los meses y las cenizas se siguen renovando, y las cosquillas en el vientre me devuelven a la dulzura de los siete años, pero seguimos tapando el sol con el pulgar y los hilos de saliva nos siguen complicando como fractales a la deriva.

Edwin hace caricaturas de mí. Las descubrí al abrir mi libreta de portugués. Me dibuja con gafas oscuras, un fili enredando su humo entre mis oraciones torpes, una orquídea palirrosada (el único color en mis resmas de blanco y negro) aportando una delicadeza extraña a mi rostro. Corro al baño porque no puede ser que me haya reconocido, que haya auscultado una faceta de mí que jamás el espejo me había revelado. Me reconozco en el infinito del cristal. Palpo su existencia, su calor, mi frío. Me veo con ojos que no son míos, con sus hoyos negros halándome irremediablemente a su gravedad, sus trazos que hábilmente me han soñado otra criatura. Por primera vez en meses dejo de temblar y siento el frío disipar, reconozco el crujir en mi estómago como hambre y no ansiedad pura. Recito versos en su memoria que no escribo en ninguna libreta, palabras que rizo en su estela y que salpican en el charquero de los inodoros, versos en agradecimiento por haberme vuelto a mi cuerpo y que se enterrarán conmigo.

A veces no entiendo el hechizo con el que Leo manipula mis movimientos. Será su manera de debatir nuestra herencia histórica con la corilla, con una calma que lo arropa como hilos de humo de momento, tan distinto al percusionista amateur que palmea su cuerpo para improvisar rimas que apunto en cualquier esquina. Será su gusto por el punk catalán, su anarquismo del convincente, sus inclinaciones hacia el comunismo queer, su colmillo izquierdo virado hacia dentro. Será su manera de expulsar gases del estómago y soplarlos en mi dirección. Será su manera peculiar de rechazar cada uno de mis intentos en repetir aquella escena de primera temporada.

Lo peor es no poder confesárselo a nadie de la corilla. Andan en sus rollos confesando bellaqueras con lxs primxs, o condenando el impulso reproductor heterosexista de nuestra cultura, o tirando un expolvo de Grindr al medio por psycho o por afeitarse la genitalia. A veces me pregunto qué carajos hago metido en un group chat como este, enviando fotos de escapadas a Isabela con molly bajo la lengua y líneas de perico sobre los iPhones, videos de René bailando en la dieciocho con un antifaz de Julia de Burgos, grabaciones de Carlos roncando en la biblioteca una hora antes de su examen de Ciencias Físicas. Cada quince minutos un update de nuestras vidas, los pititos que ni silenciados puedo ignorar completamente, los lazos que me halan de mis rincones de sombras para volver a verlos enredados por las columnas del Tea, halándose los pelos de las piernas, traduciendo nuestros horas de comunión en memes para el deleite cibernético.

Nos vemos condenados a coincidir en la misma Facultad con lxs mismxs cabronxs profesorxs, resguardándonos en el Tea por la llovizna repentina, esté la tarde nublada o soleada, y Leo y Edwin enamorándose en mi cara, compartiéndose los poemas anónimos que les escondo entre las libretas. Intento disfrutar el sufrimiento, padecer a ciencia cierta el calor de un núcleo solar, dejar que el estómago contraiga porque significan libras perdidas y días sin ensuciar un plato. Agarraditos de manos, recostados de sus libros y medios besos, nadie comenta mi rostro color hematoma, los temblores raquíticos en mi cuerpo. No logro desahogar esta rabia con nadie. No me nace crear drama por joder a los demás. Prefiero restrallarme contra las losetas y mapear la ceniza de los filis, partirles la vida con un plumazo, desearles décadas de amores obtusos y enfermedades venéreas y noches tambaleando entre galaxias. Aquel lagarto sigue despegándose capas de piel en mi dirección: será que distribuye el karma en maneras que aún no logro entender.

Es raro: Leo prefiere conservar mis sentimientos y mantener nuestra amistad intacta como si no supiera del desbalance hormonal que su presencia me provoca. A veces prefiero que me mande pal carajo, que me dispare con una palabrota y me abandone con los pedazos de cerebro derritiéndose en las paredes, que me deje arrastrarme hasta mi próximo hueco a lamberme las heridas como siempre he hecho. Así recupero cuando me rechazan para becas, cuando me cuelgo en algún examen de portugués, cuando muere mi abuelo y no tengo más remedio que encerrarme por semanas sin más contacto que mi abuela tocando para dejarme saber que el arroz con salchicha ya está frío en la puerta. Me acuerdo de un lunes en el Refu que andábamos en corilla cuando las cervezas están a peso. Claro, Olga tiene examen de Humanidades y Madéline tiene un ensayo para Historia de Estados Unidos y yo tengo una presentación de Andrés Caicedo por terminar. Pero planeamos la gota del fin de semana de arriba en Gilligan's porque a la administración se le ocurrió emitir el último cheque de becas en fin de semana largo. Ya tengo pon con Camila y sé que Leo se irá con ella (y Edwin, por consiguiente). Corremos hacia una mesa vacía porque comienza a llover y pronto salen las cucarachas voladoras a comerse las empanadillas de pizza cuando Leo aparece a mi lado con un peso cubriéndole el rostro. Me pide que lo ponga alante. Le digo que no quiero su dinero, que prefiero una botella de agua. Me dice que por favor lo ponga alante. Le digo con la mirada que no sabe cuánto tiempo he estado esperando aquella súplica.

Vero me presta sus llaves y le digo que voy a buscar mi pasto en la Montero. Leo y yo enumeramos las rolas que nos metimos el fin de semana de Halloween. Leo alza el brazo para olerse el sobaco y riéndose me pregunta si debería untarse más desodorante, pero soy idiota y me niego a olerle sus pestes aunque ya se me revuelquen las tripas del hambre. Nos montamos y agarro mi pieza y la paqueo a las millas y Leo se ríe y yo hago que me río y le halo el pelo de las piernas y me dice que pare y le digo que debería economizar el pasto, así que debería pasarle el humo por la boca y lo agarro por el cuello y se le brotan los ojos y le mido la desesperación en su rostro y en mi boca y entiendo que no coinciden, que el humo se me sale solo de los pulmones al aire estancado de la guagua sin que pueda detenerlo, que mis ganas se multiplican con su grito de shock al verme tan cerca de momento. Será que no se ha bajado suficientes canecas... pero le digo que le tengo unas ganas cabronas, que a veces no puedo, o no quiero, contenerme. Él se limita a decir que debería estar más pendiente a la forma tan obvia que me pichea cada intento. Le respondo que, la mayoría de las veces, siento lo que quiero sentir, que no puedo evitarlo, que es mi naturaleza. Leo dice que no sabe qué decirme. Se baja del carro, me compro una botella de agua y nos unimos a las risas de la corilla como si no me hubiera convertido en un charco de estiércol a sus pies.

∞

El mensaje llega y respondo. Quieren comprar pasto y han recurrido a mí. Claro que les respondo. Por supuesto que les consigo. Vengan a mi apa, corran. Claro que llegan en cinco minutos.

Leo pichea lo ocurrido anoche y me da un beso en el cachete. Edwin ignora el poema que le dejé en su bulto a mediodía y me da un beso en el mismo cachete. Nos sentamos a ver los últimos episodios de Dragon Ball Z, la serie de Buu, y no podemos creer que existan criaturas tan hijuelagranputas en el universo. Notamos que, en realidad, cuando se transforman en Super Saiyan, solo están flexionando los músculos y posando unos a los otros. Vegeta, en realidad, se quiere tirar a Goku, pero su macharranería no se lo permite, y se dejaría coger por culo pero tiene miedo de que le guste demasiado. Nos reímos porque no hemos visto esta serie desde la niñez y no es lo mismo luego de tantas clases en el programa de Género. Agradezco la educación y su libertad inherente, Leo lamenta un poco la muerte de nuestra niñez y Edwin vuelve a paquear la pieza. Llevamos horas aquí encerrados.

Decidimos tener un nail polish party. Leo se ríe de la supuesta mariconada. Edwin se ríe del color que escogió. Yo me río del dolor de tenerlos tan cerca y tan lejos a la vez. Los tres en el sofá, Leo recostado en la falda de Edwin mientras yo intentaba sobarle el pezón, discutimos sobre cómo preparar mejor una pechuga al horno. Le sugiero que la deje a trescientos setentaicinco grados por treinta minutos o hasta que se dore. Nos miro desde el espejo de la pared y veo unas formas que funcionan, veo un futuro incierto pero discernible que se abre entre los tres como una zona de peligro, una posibilidad que se estira como un sexo ante mis pies y solo quiero lanzarme. Terminamos pintándonos hasta los dedos de los pies de rojo chino, verde menta y oro metálico. Nos reímos de un envase de acetona en el que uno mete el dedo para que los filamentos raspen el esmalte. Reconozco esta presión rodeando mi dedo. Edwin dice que parece un esfínter anal. Leo no dice nada, solo nos hala en un beso que tumba el pote de acetona y nos tiramos al futón para bañar los cojines de saliva. Algo en mi cuerpo se activa solo y comienzo a llorar de la alegría. Lo raro es que Edwin también comienza a llorar. Leo después. Nos desnudamos del calor y comienza a llover. Nos enredamos del frío, pero no queremos hacer más, no podemos hacer más, incrédulos ante el hecho de palparnos en un mismo tiempo y espacio con tanta intimidad compartida y escondida a la vez, con tantas líneas nuevas trazadas entre los planetas, con sus misterios y los míos, con mis secretos y los suyos, con tantas ganas contenidas y encogidas implosionando hasta la inconmensurabilidad. Me reconozco en sus rostros, se ven en el mío, aunque las medidas no sean exactas y los ángulos sean obtusos. Prefiero pausar el tiempo, aunque el universo no responda, aunque las alarmas sigan sonando y nadie haya dormido profundamente: una de seis manos siempre se estirará a apagarlas.

Ahora falta que abramos los ojos, que nos encontremos cuando haya pasado la fantasía, cuando no quede más remedio que decidir el resto de nuestras vidas. El Messenger brincotea en la mesita de noche. Amanece en azul plata y no quiero separarme nunca de ellos. Creo que dolería menos cosernos los riñones y orinar por el mismo orificio. Ahora Leo suspira y Edwin estira los brazos sobre su cabeza. Los temblores comienzan lentos, pero suben desde mis deditos esmaltados. El vértigo me consume, pero no sé si es por la desesperación o el hambre.

No sabemos cómo enfrentar las horas que tenemos por delante.

EN EL BATHHOUSE

"Alienation, however, does not lead our hero
out of society, but deeper into it,
for he is impelled by a curiosity to know,
down to the smallest detail,
the corrupt world he wishes to escape"
–Larry Kramer, *Faggots* (1978)

Yo soy pendejo. Y aportaré a que la isla entera se llene de gente tan pendeja como yo. A los riquitos que miran de reojo en cada luz roja. A las loquitas recién salidas del clóset que todavía no saben protegerse. A Angélica. Soy pendejo porque trabajo para una institución sin fines de lucro que ofrece pruebas rápidas de VIH en un país en el que la gente insiste en no hacerse prueba alguna sea de quince minutos o de tres días. No. Encontrar una cura no me interesa. ¿Por qué? Porque enfermedades así, como el cáncer, como la influenza, sirven para deshacerse de la sobrepoblación que quiere hacer del planeta una pelota de carbón blanca y gastada. Tampoco me interesa la cura porque ya soy positivo desde los veinte años y sé que si no encuentro el amor —la única cura que necesito, la única razón para querer seguir viviendo— como quiera voy a morir a los veintisiete con una sonrisa de derrota. De noche trabajo en un bathhouse por la 22, miércoles a domingo, cerca de donde vivo en la Eduardo Conde. Me pego los audífonos y escucho Madonna (la de *Like a Prayer*, jamás la de *MDNA*) en lo que bajo las colinitas, toco el timbre, paso por la lucecita azul, subo las escaleras oscurecidas, me desvisto y trabajo ocho horas corridas en un gistro que tengo en shocking pink y en chartreuse green y en cherries jubilée... Nada: que salí culón y, aunque tenga complejos desde noveno, a los más pingones les gusta. Quién sabe. Los medicamentos me hacen rebajar como vela ante un santo... De madrugada, me la paso explorando el laberinto santurcino y no siento miedo porque la violencia es como la seroconversión: puedes evitarla todo lo que quieras, pero va a pasar, y uno siendo la víctima trata de darse un poco de control sobre cómo y cuándo ocurrirá el incidente. Las cosas más hermosas y brutales en esta vida son así: inesperadas, terribles, catárticas.

Siempre he sido ese nene raro. Le doy importancia a cosas que no importan. También a la inversa. Me importa que siempre haya aunque sea un litro de leche fresca en la nevera. No me importa memorizar (ni saber, no es necesario) el nombre de los hombres con quienes me acuesto. Me importa siempre tener la misma silla en la primera fila de mi clase de Arte en Puerto Rico (porque el profesor tiene ochentaitantos años y me pierdo en su voz minúscula y por el arrebato me imagino que nos describe como un cuadro surrealista). No me importa el aire acondicionado. Me importa el arroz blanco. No me importa el significado de la vida. Me importa la masturbación. No me importan los nenes chiquitos. Me importa la liberación de Puerto Rico. No me importa el amor. Pero sí me importa, y a la misma vez, me la pela. Es que el amor llega, no se busca. Se encuentra. Se amarra al cuerpo como un meteorito de medianoche. El amor no se busca así, porque no se consigue. Si lo buscara como busco bicho, dejaría pedazos de mi corazón en cada urinal de la Lázaro, en cada uvita del Capitolio y Boquerón. Aunque, en efecto, a veces me siento hecho mil pedazos. Memorias de mí plasmadas en paredes con pervertidos pidiendo pijas y pisadas, memorias escritas con leche que limpio del piso del baño y veo desaparecer en la espiral del inodoro, memorias en el patio de la casa de mi abuela, en las escaleras de la Concha, en las rocas de Mar Chiquita, en la playa de Condado. Sí, soy bañista, ¿y qué? Me encanta sentir mis testículos contraerse cuando algún desconocido trata de ver entre la puerta y la pared de mi cubículo y nota mi erección en la mano izquierda. Entonces va al cubículo vecino y se la empieza a jalar (estaré eternamente agradecido con ese Adán al que se le ocurrió hacer un hoyo justo donde está la cabeza de uno cuando se anida como un cuervo sobre el inodoro, justo al nivel que permite verlo jugar con su prepucio). Me baja la saliva a chorros con tan solo pensar en estas cosas. También me da asco.

No me importa la prevención porque me he infectado desde el inicio. Desde el primer lechazo, a los diecisiete. Bueno, eso pienso... No sé quién me infectó, en realidad, pero se curó en el acto. Se quedó con la porción más pura de mi ser, con aquella virginidad que trascendía al acto sexual. Por eso soy pendejo, porque me dejé y me gocé la metamorfosis. Supongo que el responsable fue el soldado de Aguadilla que bajó a San Juan cuando le dije que estaba solo en casa. Lo ajoraba porque la lluvia que caía me helaba los huesos, y él se me arrimó al tronco como un sol de verano, y me partió el culo por dos horas hasta que gritó y escuché su ronquera retumbar en la casa vacía. Me preñó de su sudor y su leche. Me entró un fuego a las entrañas que aún hoy siento, el estático residuo de un big bang antiguo, las cenizas calientes que perduran rojísimas a pesar de las generaciones, el material radioactivo que usó para enfermarme a mí y a los que me rodean. Luego me lo clavé y me vine adentro, como un cabrón. El próximo día, cuando pude chichar por segunda vez (porque cuando me entra un antojo no hay manera de sacudirlo), se lo metí a un atleta becado de Río Piedras con piel quemada y nalgas de quilates. No me gusta la sensación del condón, así que lo arranqué y me lo seguí clavando. También me vine adentro. Nunca se quejan. Bien pocas veces se quejan. Me da libertad, a veces. También me hace pendejo.

Yo soy coleccionista de almas. Tengo acceso directo a números de seguro social y de tarjetas de crédito... No soy capaz de nada, aunque las cosas estén malas. Pero tienta. Quién sabe. Hago las preguntas de siempre y recibo las contestaciones de siempre. Sí, se han hecho la prueba antes. Sí, son usuarios de drogas: yerba, coca, rola, molly, tina, de todo un poco, la ensalada de cada día. Sí, están a riesgo, por eso se sientan a dos pies de mi bolígrafo con ese terror en los ojos. Sí, tienen miedo, se les nota con esa peste prehistórica. Con la mirada les digo que los entiendo, que ya sé su resultado desde el inicio, que me alegro por ello. Así aprendes, pendejo. Así se hace. Así se manifiesta el instinto más animal. Así, con un polvo (uno solo o cientos o miles) se arroja la vida al vacío. Porque así es la vida: es una muerte constante. El sexo no es vida, sino muerte: es la muerte más pequeña, *la petit mort*. Muero múltiples veces al día. Me asesinan, de forma atroz, a balazos y cuchillazos, múltiples veces al día. A veces me mato con ternura, con rabia, con prisa. A veces quiero matar, hacer al otro sufrir a sangre fría, empezar el deterioro del cuerpo para que en diez años se pudra y se desdoble como un feto disecado en el vientre, y así romper un ciclo. No es que sea bellaco: es que soy suicida. A veces lloro porque pienso en el pasado y en cosas peligrosas y me siento bajo la ducha cuando la temperatura llega al máximo y mi piel se hincha con el rojo atardecer.

La universidad me entristece también. Muchos edificios olvidados (muchos más de los que uno esperaría), mucho tiempo libre para sentarse a fumar en Humanidades y picharles a las tareas de francés. Mucha gente que quisiera saludar, pero no me miran a los ojos. Espero mucho tiempo y me quedo sin matrícula. Soy pendejo porque lo dejo para última hora y no sé cómo ofrecerles favores sexuales a las secretarias. Me repito a mí mismo que soy estudioso de nuestras letras, que quiero ser profesor de literatura gay puertorriqueña y de literatura diaspórica neorriqueña, pero luego me acuerdo de que voy a morir a los veintisiete asesinado por un maleante drogadicto en un asalto, y me voy en otro viaje y me pongo bellaco y me dan ganas de caminar hasta la Lázaro para sentarme en mi cubículo de preferencia y esperar al próximo cliente. Últimamente solo vienen los de siempre —un secretario de Educación, un bartender de la avenida, un trabajador social desempleado— y piensan que uno no puede recordar la venida correspondiente de cada bicho. Eventualmente me canso y me pongo a escuchar a Cultura Profética (pero de *Diario*, jamás de *La dulzura*) y me la jalo unas veces antes de ir al trabajo. Entonces, se me baja el estrés porque ahí sé lo que tengo que hacer. Memoria muscular. Saludo a los clientes regulares y con una guiñada recibo sus IDs y les entrego una llave para un casillero o para un cuarto. Llevo las toallas sucias a la lavadora y me las restriego en la cara para absorber el hedor a hombre mojado. Ignoro la directriz de usar guantes plásticos y recojo los condones usados del piso. Esto lo logro sin que me noten porque siempre me ignoran, no porque me vea mal, sino porque no hay piscina ni gimnasio ni superficie desinfectada en donde sentarse, así que si no están chichando, están frustrados dando vueltas viendo a los demás chichar. Los mejores días son los sábados cuando los carros se alinean por la Fernández Juncos y el bathhouse se llena a capacidad, cuando los hombres parecen cometas rebotando en las paredes de aluminio corrugado, cuando se escuchan las puertas de los cuartos abrir y cerrar sin cesar, cuando las duchas con sus luces de neón no logran ahogar los gemidos y los gruñidos y me disuelvo entre la muchedumbre. Que conste, mis días favoritos son los jueves, cuando los menores de veintiuno entran gratis, y las loquitas de Sagrado siempre se dejan clavar cuando les pongo Lady Gaga (la de *Born This Way*, aunque no me guste tanto ese álbum) y apago las luces.

A veces pienso que el amor me va a encontrar ahí, pero más veces un buen polvo se confunde con amor por un instante. Porque a pesar de mi supuesta sabiduría, todavía no he sentido el calor innato de una relación amorosa ni por parte de mi madre que me dejó en casa de mis abuelos y huyó a Orlando, ni por parte de mi padre que siguió pariendo y criando hijos por la costa sur. Pronto llegaré a la conclusión de que el amor no existe —¿acaso existe, acaso lo he sentido, verdaderamente, fuera de un destello hormonal?— ya pienso que no existe, el amor es la ilusión perfecta porque confunde los senderos de la lógica. Pienso que ya hemos evolucionado más allá de ese rollo en la mente, que ya no somos capaces como especie de entregarnos los unos a los otros como una luna y un sol se entregan a la belleza de un eclipse. Me niego a ser parte de todos estos siglos de machismos y closeterías. Me rehúso a encontrar el amor entre los viejos ligones que se creen los más cheches caminando a oscuras, ni entre los osos panzones que no consiguen actividad sexual más allá de un leve roce cualquiera, ni entre los padres de familia que olvidan quitarse el anillo matrimonial. Pienso ya que mi felicidad se halla en otras islas. Si me voy a enamorar por completo, no será de un puertorriqueño. Jamás. La gente de mi raza es incapaz de superarse a sí misma, ¿cómo van a fundirse en la gravedad de un amor verdadero? Prefiero morir a los veintisiete por un tecato enloquecido que me lance desde la De Diego hacia los carros en la Baldorioty. Por eso me iré a Nueva York... pronto. No sé cómo, pero lo lograré. Ya se me hace tarde. Quiero vivirme lo de go-go dancer en una discoteca gay. En la Escuelita. En el Greenhouse. En Splash. En el Boiler Room.

Aunque vaya a morir a los veintisiete en el tiroteo de cada jueves cerca del Vidy's, prefiero alargar el proceso lo más que pueda. Pero tampoco quiero desaparecer como una estrella fundida cediendo a la oscuridad: quiero ser una llamarada celestial, un gigante rojo detonando en un destello macrocósmico y llevar a los que quiera en mi estela. Aportar al proceso de extinción de la especie. Aportar a las estadísticas, a los proyectos con fondos federales, al aislamiento. Aquí estrellamos los unos con los otros. Y ya me cansa esta isla putrefacta, me aborrece mi vista hacia la playa de Ocean Park y los tapones de la autopista, me hostiga aquella lámpara de luz turquesa y escarlata que las loquitas de Sagrado ignoran, me harta el trabajo y el ocio malgastado. A veces pienso que los gringos viven mejor que nosotros, pero no saben apreciar el sabor que deja la negrura en la boca. No saben qué rico es el pelo rizo, los ojos achinados, el bicho pesado. En Nueva York hay muchos negros, muchos dominicanos también. Tengo un antojo de plátano... tal vez hoy haga tostones.

Pardon, es que ya estoy en mi cuarto fili y me voy bien lejos. Últimamente la yerba que capeo viene de Colorado y me pongo goloso. Porque voy a morir a los veintisiete por una pulmonía que decidiré ignorar, necesito mi medicina natural desde ahora. Botánica. Tampoco pretendo vivir en un anuncio de cerveza, no soy así. No estoy chilling veinticuatro-siete. Claro está, a mí me criaron a la buena de dios y si esta mañana me preguntan cómo estoy, les digo que sí, que estoy de lo más bien. Súper. *Très bien*. No les digo que no puedo desayunar esta mañana, que las náuseas y las diarreas me tienen los intestinos licuados. No les digo que creo haber visto una nueva mancha brotar en mi espina dorsal. No les digo que tengo que ir hoy mismo a la clínica porque si no estaré un día sin mi pastilla; que si me retraso un solo día, dañaré meses de consistencia; que si me paso por más de una hora, se me descompone el cuerpo; que si espero un minuto más, me cagaré ahí mismo de la ansiedad y me tendrán que mandar al hospital porque moriré del bochorno. Pero hoy tengo asteroides revolcándome las tripas... tengo mucho frío y no quiero coger el tren.

Maldita pastilla. Me tritura el estómago por dentro. Por ella me hostigan los terrores nocturnos. Son unos sueños escalofriantes, que me hacen orinar la cama como a los siete años. Si aprendo a romper las pesadillas, aprendo a romper los ciclos. A veces sueño que hormigas rojas me comen los genitales con pinzas de acero fundido. A veces sueño que muero a los veintisiete descuartizado, víctima de un crimen de odio, arrojado al Río Grande de Loíza sin que el amor me haya encontrado ni yo a él. A veces me pasa por delante el día entero —clases, tapón, hambre, sexo, café, agua, yerba— y cuando parpadeo, me doy cuenta de que estoy sentado en la cama todavía, pensando que estoy vivo cuando no lo estoy, envejeciendo veinticuatro horas en veinticuatro segundos. Algunas noches no duermo. Algunas mañanas ni puedo despegar mi cabello de las almohadas.

La otra noche salí del trabajo y caminé por Santurce para sentirme solo. Hice un circuito desde la calle Del Parque hasta la punta de Miramar y me detuve en donde empieza la Olimpo para absorber los primeros rayos de sol. Me puse los audífonos y escuché a Amy Winehouse (pero la de *Frank*, no la de *Back to Black*) porque me identifico mucho con su diario en verso. La mañana se vuelve turbia y las sombras se yerguen por el sol que se acerca. San Juan parece tierra de nadie: veo piezas de mí en cada superficie. Soy el tecato gringo con barba dorada que duerme en la entrada de los bancos y sueña con su vida pasada de banquero. Soy la fábrica de textiles que hoy no es más que unas paredes agrietadas haciéndoles guardia a las rocas desintegradas. Soy la vestida andando coja por la Condado porque no consigue clientes, porque le brotan chancros en los labios y se le riega el maquillaje violeta. Soy la avenida que se enciende cada mañana con el destello de botellas de cerveza, jeringuillas aplastadas, retrovisores destruidos, cristales explotados, la gama de centelleos que cercenan las últimas sombras de la noche. Entre tanta estrella caída me regresa el hambre, se lo quiero mamar a alguien, pero los corredores están por la Ashford y no tengo las fuerzas para caminar ni convencer. Ahora pienso que sueño porque los grafitis se despegan de las paredes, que jirafas oxidadas con los cuellos torcidos atropellan a conductores ebrios, que lagartos de obsidiana con ojos de granate arrastran sus lenguas para saborear el polvo de las calles, que no soy más que un encapuchado con cabeza de buitre, vestido de negro, encogiéndose en la lluvia entre edificios con asbesto. Luego abro los ojos y me encuentro en mi cuarto con una brocha y un cubo de pintura blanca, manchado por completo, y me pregunto si soy yo el que dibuja esas cruces blancas por las calles... o, por el contrario, soy al que siempre se le escapa aquel maricón miserable que insiste en dañar los murales.

He llegado a la conclusión de que no existo. Soy. No soy. No sé qué soy, si soy algo... Soy un pendejo porque no he despertado todavía, porque no tengo la valentía de abrir los ojos y encontrarme a los siete años en kindergarten todavía con la mano metida en el pantalón de Alexander, y que todos estos años son una visión del más allá como solo los niños saben prever. Soy un niño todavía, lo sé. Todavía no sé hablar. Todavía no sé caminar. No sé cómo conseguí este trabajo nocturno... Será porque el dueño siempre me ha dicho que se lo mamo como nadie. He establecido una repetición incómoda con mis oficios, son básicamente lo mismo: distribuyo condones, propago la prevención... pero no me pregunten cuántos condones he repartido en el bathhouse... Llevo trabajando ahí un poco más de seis meses, y hay noches en que veo más de cien hombres entrar y salir en un solo turno, pero he rellenado el cubo de condones en contadas ocasiones. Cuando ya no tengo más cubos por rellenar, cuando dejan de llover las toallas mojadas al piso, camino al apartamento a esas horas. Y la verdad es que me da menos miedo caminar hasta mi apartamento. Subiendo por la Sagrado Corazón sé qué esperar. Siempre me siento más solo que nunca, que mi sombra me abandona y se alía a la penumbra que transito. Parece que nadie vive en esas casas, y que son los fantasmas los que prenden las lámparas de noche. Cero vientos, *toujours*. Me asfixio de la soledad. Subiría por la Bouret pero un prieto con sus dos amantes se ponen a hablar hasta las tantas y cuando paso se burlan de mí y les grito "Ay, qué rico" para que no sepan que soy un pendejo, pero se ríen con fuego en el aliento y me dicen: "No te pongas... no te pongas".

Trabajé dando pruebas por dos años hasta que un día decidí hacérmela a mí mismo, cuando me tocaba cerrar la oficina de la Ponce de León. Apagué las luces y me pinché tres veces para estar seguro. Salieron todas las líneas en todas las pruebas. No tuve el apoyo de nadie ni lo necesité, porque boté el suspiro de alivio más grande. Lloré, pero de la felicidad. No tendré que ansiar el resto de mi vida atrasando lo inevitable. Ahora tomo a diario una Atripla de trescientos milígramos y mis problemas están resueltos. Así rompí un ciclo…. pero entré a otro. Ahora solo chicho de noche para que nadie me diga nada, para que me escuchen abrir el empaque del condón y no me vean "ponérmelo", para escucharlos gemir cuando mi bicho entre más sigiloso que nunca y se les calienten los sesos del placer. Biología. Si ellos me lo ponen, pues chilling, lo sigo, aunque se me baja más fácil. Pero ya casi no ocurre; eso es perder el tiempo. Nadie se imagina cuán pocas veces me preguntan sobre mi estatus. Tampoco imaginan lo fácil que es decir que uno es negativo. *Très facile.* Sí, me hice la prueba el pasado veintisiete de junio, el supuesto día nacional de hacerse la prueba, y llegué cuando estaban cerrando, pero el negro gordito me atendió y en quince minutos, me dijo que salí negativo. Lo digo a los ojos, con poco rodeo, con una sonrisa traviesa, y se lo creen. ¿Así de fácil? Por supuesto. Ya he dado ese speech tres veces esta semana. La entrante lo cambio, para variar.

Eso me pone a pensar en algo que siempre he dicho: amo mi isla, pero odio la gente. Aquí nadie vale nada. Ya nada vale nada… Como cambian las cosas. Hay algunos cambios que son irreversibles y no podemos sacudir el temblor en los huesos. Como la muerte. Como un virus.

Como el sexo. Por mucho tiempo mi mundo ha seguido cayendo como un trompo por el espacio y Puerto Rico ha perdido el ardor tropical de sus campañas de turismo. La mala es que soy friolento y me dan escalofríos a menudo, aunque siempre amanezco sudado. Por eso regreso a los baños: para bajar mi temperatura al cero absoluto y arrodillarme por entre los cubículos y que una mano sin rostro me ofrezca su calor, para que me agiten el bicho como leña a candela viva, como explosión estirándose en el abismo de un hoyo negro, para sentir la sangre rebotar en la supernova del orgasmo y recalentar el cuerpo, como un lagarto panzarriba en una roca a mediodía. De hecho, eso me acuerda que hace poco logré reconectar con un enfermero de Centro Médico y residente de Arecibo con quien establecí contacto efímero cuando me quedé en un paradero por Aguadilla. Una de mis varias excursiones al mes. De nuevo en Río Piedras, me escribe por Grindr que está en el Recinto, y doy la vuelta, aunque ya había salido a la Piñero. Vamos al cuarto piso de Administración, en un baño con varios cubículos escondidos. Mientras mama, le meto el dedo y se vira para ponerme el condón (amén que tiene uno tamaño XL). No le digo nada porque no pregunta nada. Se viene y me da el calor poco familiar de una sonrisa. Por alguna razón, cuando nos lavamos las manos, me da uno de esos impulsos raros y lo abrazo. No veo rechazo en su mirada. Me embriaga el olor de su polo rosa, la suavidad de su torso algo desinflado, la sensación de verlo observar mis manos deslizarse sobre sus antebrazos, el abrazo del cual no nos queremos soltar. No le digo nada porque no quiero romper el cristal. Quedamos muertos por casi quince minutos, acostumbrándonos a la falta de gravedad.

—¿Esto se siente raro?

—Súper raro.

—Ah, okay… ¿Quieres que pare?

—No, no... No dije eso. Es que es raro que esto se dé... pero me gusta.

—Química.

Se nota que fue hermoso cuando más joven. Se llama Omar. Qué nombre. Ahora puedo decir que me he enamorado de un tal Omar en un baño de la iupi. *C'est magnifique...* Pero revive una parte muerta de mí. Quiero verme en el espejo de sus ojos cuando lo preñe con aquel fuego de mis entrañas. Quiero sentirme encima de él arropándolo, sin la barrera del condón que separe mi amor del suyo, sentir que con un polvo cierro el ciclo y así purificarme nuevamente. No quiero seguir siendo un cazabicho hecho vampiro... Pero como todo en esta vida (como todo en esta isla, específicamente), se me hace imposible. Ahora ignoro sus mensajes de textos. Ahora pienso que él no existe, que es otro grafiti proyectándose en mi ciudad. Tengo sueños como él a cada rato. Por eso soy un pendejo, porque fluyo, porque me dejo llevar, porque caigo... *C'est la vie.*

Es insostenible salir negativo o positivo en una prueba mañanera para salir esa noche al bathhouse. Es un ir y venir que marea; veo las mismas caras repetidas en espacios contrastantes, y entonces pienso que todavía es la pastillita chillando goma. Últimamente he estado fumando mucha tina. Me puedo concentrar con facilidad, no duermo por tres días y entro al plano de mi subconsciente. Veo mucho monstruo, mucha llama. Cuando me vengo, salen gotitas de aurora. No me piden condones, pero sí me piden toallas limpias. Me piden mucho lubricante, eso sí, por más que cueste dos pesos. Parece que la fricción les importa más que la preservación. La gente quiere morir, esa es la cosa. Soy pendejo por querer ayudar a quienes no piden ayuda. La protección no es suficiente. La motivación no es suficiente. Hay algo en el agua o en el aire o en el calor que nos hace cavar su propia tumba. Luego se sienta en ella... espera por la temporada de huracanes como también espera a que el agua nos limpie, nos sumerja, nos ahogue. Luego se estanca. Este es mi agujero personal. Bienvenidos. Acuérdense que no pueden caminar con ropa, solo con una toalla en la cintura o sin nada. *Lingerie optionnelle.*

Es necesario creer que el universo restablece su equilibrio. *Ce sont les lois de la physique.* Todo regresa a su punto de partida, y el día en que le toca a uno morirse, amanece el mismo sol con el que se nace. La vida es un tedio, un sueño descarrilado sin rumbo y sin conclusión y que solo cuando cierro los ojos, yo de verdad soy, y así, al morir, me despierto. Porque ya este mundo no tiene sentido, se me escapa de toda lógica las cosas que pasan: los puros muriéndose en las cunetas desangrados y desalmados, los más sucios quedándose con la médula de las estrellas, los que vacilan en el medio cediendo a la entropía... Absurdo. Creo ya que moriré a los veintisiete echando un polvo, que mi pulso por fin cederá a la muerte mayor y que me iré con la boca abierta. Creo que, en ese instante, remoriré mis muertes pasadas en un flujo de conciencia macabro: quemado en la hoguera y vomitando demonios por la boca, en un bosque sin nombre y sin tiempo viendo una gran bola de fuego descender, empujado por la tribu a la boca de un volcán en erupción, y así romperé otro ciclo. Me han dicho que parezco un tren que se salió de su vía... Menos mal.

Mientras tanto, me preparo para una noche más de trabajo. Me tomo mis pastillas —ni pongo atención a cuáles: ya se me hace tarde— y entro a un mundo crepuscular. Hoy es el último sábado del mes y el dueño me dejó dar el show. Me rapo la cabeza para la ocasión. No me quiero parecer a nadie, sino a algo diferente, a otra cosa. Soy otra especie... y a la misma vez, no lo soy. Y los demás lo saben: me lo dicen con sus miradas. Soy su espejo: la mayoría quiere estar en mi lugar. Llega la otra estrella, un examante mío, fotógrafo negro con una pinga kilométrica. Nos desnudamos (salvo por mi jock-strap rojo chino) en el escenario improvisado por los casilleros. Comienzo por besarlo con mucha lengua y los clientes pululan en su oscuridad para ver mejor. Parecen monstruitos nocturnos con esos ojos grandes, con aquel brillo rojo en los párpados, mirándonos. Él abre un paquete de condón kilométrico, pero le susurro al oído que no es necesario, que estoy limpio, y con una sonrisa me acorrala contra él. Empiezo a separarme de mi cuerpo cuando sus uñas aprietan mis caderas. Escucho suspiros y desesperación a mi alrededor. Me convierto en el vapor que empaña las pantallas de televisión con porno. Vienen más bichos, más cuerpos sin rostro. Me convierto en un virus viajando de boca en boca. Grito algo parecido a lo que leí una vez en un baño de Humanidades: "¡No lo saques, déjalo adentro! ¡Lléname el culo de leche!" Me convierto en un lechazo derretido y calientito en la ducha. Siento una vibración y un calentón en mi recto. Me convierto en uno más del cuarto oscuro hediendo en el calor descomunal. Me trepo en el burro y me cogen entre varios sin piedad y, sin tener que virar la mirada, me echan su leche en el tatuaje de riesgo biológico que tengo en donde empiezan mis nalgas, el que se derrite bajo los faroles escarlata y gruñe como calavera. Me convierto en algo que existe, en algo que no existe, en un ente que muere a los veintisiete porque siempre fue, hasta la raíz, un pendejo. Así salí... y estoy conforme, porque he descubierto un método para trascender los límites de la piel. Soy pendejo porque no hay nada más fácil. Soy pendejo porque soy un Aries y me gusta jugar con el fuego.

CONTENIDO

JOSÉ GABRIEL FIGUEROA CARLE (San Juan, 1993) cursó el bachillerato en Escritura Creativa en la Universidad de Puerto Rico, Río Piedras. En dos ocasiones obtuvo el Primer Premio en Cuento en el Certamen Literario de la Facultad de Humanidades (con "Tratado de una sexualidad inconforme" en 2013 y "Triángulo escaleno, o Los filis que nos unen" en 2016). Ha publicado en Diálogo Digital, Revista [In]Genios, Tonguas, Cruce, Catedral Tomada, Aurora Boreal, entre otros. En 2018 comenzó la maestría de Escritura Creativa en Español en NYU.